何建明文集（1）

诗在远方

何建明　著

作家出版社

图书在版编目（CIP）数据

诗在远方 / 何建明著 . -- 北京：作家出版社，2022.1
（人民文学头条：全7册）
ISBN 978 - 7 - 5212 - 1475 - 8

Ⅰ. ①诗… Ⅱ. ①何… Ⅲ. ①报告文学 – 中国 – 当代
Ⅳ. ①I125

中国版本图书馆 CIP 数据核字（2021）第 127637 号

诗在远方

作　　者：何建明
责任编辑：田小爽
装帧设计：留白文化
出版发行：作家出版社有限公司
社　　址：北京农展馆南里 10 号　　　邮　　编：100125
电话传真：86 – 10 – 65067186（发行中心及邮购部）
　　　　　86 – 10 – 65004079（总编室）
E – mail: zuojia@zuojia. net. cn
http: // www. zuojiachubanshe. com
印　　刷：三河市紫恒印装有限公司
成品尺寸：145 × 210
字　　数：126 千
印　　张：7.125
版　　次：2022 年 1 月第 1 版
印　　次：2022 年 1 月第 1 次印刷
ISBN 978 – 7 – 5212 – 1475 – 8
定　　价：188.00 元（全 7 册）

闽宁镇探索出了一条康庄大道，
我们要把这个宝贵经验向全国推广。

——习近平

目 录

西海固，我不再信你这句话了："贫瘠甲天下"

六盘山畔的西海固一带，在全世界所有知道它名字的人的印象里，就是个极度恐怖的贫困地区，连西海固人自己都说过这样的话："如果有来生，我绝不选择它作为我的母亲。"然而，谁都知道，儿女是不能选择母亲的。

因为极致，所以容易出名和被人为地夸大与想象，于是"西海固"也就成为中国贫困的一种标志和象征，或者说它就是"贫瘠甲天下"的真切意味和"贫瘠"本身的代名词。

2019 年的夏天，我怀着几分好奇、几分忐忑不安之心，飞到了银川，并从那里开始，沿着贺兰山和六盘山脉，经吴忠市同心县等地，一路往南，直抵牵着我心的西海固……

一个星期的时间，不能算"走马观花"，但也非"深入观察"。然而，就是这一路的停停走走，令我每每意外得不知如何表达，最后只能常常"无语"：

这是宁夏吗？那个史书上总说的"大漠孤烟直，长河落日圆"的塞外胡笳地？那个传说中的"老边穷"的贫困西部？身临其境的我，有些迷失地眺望着这片初访之地——除了没有横穿全境的高铁之外，四通八达、一驶如飞的高速公路，可以抵达任何一个乡镇，更不用说一座座整洁美丽、生机蓬勃的县市级新城……主人引我走的线路并非挑挑拣拣，而是"覆盖"式地从银川"南下"而行，故而可以让我全景式观察今日之宁夏风貌，于是我眼中的"宁夏"和"西部"开始颠覆以往的"印象"，脑海中开始冒出无数个"不可思议"——

这怎么可能是"贫瘠"的宁夏呢？

在银川城外一段相当长的路程中，视野所见，令我几乎产生错觉，我喃喃说着："怎么又回到了苏州水乡！这里怎么可能还有比江南水乡更秀美、更温润的地方呢？"然而，眼前一片连一片的碧波清涟，以及茂盛的水草和结队飞翔的鸟儿，它们与我故乡无异。原来这就是传说中的"塞上江南"！

是的，宁夏今天的样子与想象中的截然不同。在我后来到了吴忠市的同心县、盐池县和完完全全在沙海里建起的红寺堡新城，再到西海固的原州城、海原县城等地，见到那里的马路、街道、楼群和市民广场、图书馆、学校以及一个个鲜花盛开的公园之后，我便彻底无语，唯有心头再度强烈震荡：这里并不比我故乡苏南的昆山、江阴、常熟、张家港那几个"全国百强县"前列的城市外貌差多少啊！

最令人不可思议的是：自古都说西海固缺水少雨，"平均年降雨不足 180 毫米"，《西海志》上这么说，宁夏人诉说过去时也都这么说。可那天——2019 年 7 月 21 日我们从西海固的泾源县经同心返回银川，一整宿下着倾盆大雨，第二天到达同心县时，县长丁炜兴奋地告诉我：这一天里，他们县境区域内降雨量达到 168 毫米。

一路获得无数惊诧之余，我自然惦记着此次"宁夏行"的主要目的和任务：考察这里的脱贫工作，实地采访脱贫的"贫困户"。

走访的第一户，是我突然提出要"到附近的脱贫户去看看"时，当地干部临时带我去的。我们到了一位名叫王蓬耀的老汉家。

王蓬耀家是 2014 年核定的贫困户，当时全家五口人，除了王蓬耀夫妇外，还有一个儿子两个女儿。这户的贫困是因三个孩子读书负担大造成的。

王家在距村委会两三百米远的一个土坡上。走过一片玉米地，便看到了他家：院子外有几棵杏树，显得十分喜庆；紧挨院墙外的是牛棚，里面有三头牛和七八只羊；院子内的空间很大，而且特别干净整洁；房子是翻新的，主人说是享受了政府危房改造的

2.5 万元扶贫补贴所完成的新居。

"三个孩子现在已经长大，他们读完中学后都到外面去打工了，只剩下我们老两口在家务农……"王蓬耀正好六十岁，看上去身体健康，他说家里种了二十几亩青玉米秆做牛饲料。

"一年能下一头小牛崽，能卖七八千元。基本上一年可以卖一头了。再过两年就能一年卖两头、三头……加上孩子打工寄回些钱，生活肯定不用愁了，一年下来还有万把元积余。比起过去，我已经心满意足了！"王蓬耀笑了。

走过王蓬耀家百十米，到了另一家脱贫户古成忠的院子。古成忠的家比王蓬耀家显得更加气派和富裕，除了院子更大、更宽敞外，古家牛棚里的牛要比王家多，共八头，而且是清一色的"安格斯"牛。

六十二岁的古成忠说，2014 年核准他家"贫困户"时，家里上有两位老人，下有两儿两女，加他夫妇俩，八口之家，养一头耕地的牛，靠贷款种 60 亩地，"一年辛苦下来，还掉贷款基本上只够全家人填个半饱，日子非常难熬。"说起往事，他的双眼涌出泪水，"我的父母都是含着一辈子苦水离开这个世界的。如果他们能再熬上两三年就完全不是那个样了！"

政府扶贫政策下来后，古成忠依靠政府的贴息贷款，买进三头"安格斯"牛，又种植了 60 亩青玉米秆做饲料，圈牛从三头变成了八头，而且孩子们也都能打工赚钱了。"现在光靠养牛也能一年赚个两三万元！一家人不愁吃不愁穿，想吃好一点就吃好一点……"

"一户人家如果有七八头牛，那他家的年收入应该可以达到稳定的 3 万元以上。"一旁站着的村干部告诉我。

"除了养牛，还会有养鸡、种瓜果等其他一些收入……非常稳定的小康水平了。"我注意到，自我进院后古成忠的脸上一直挂着抹不掉的笑容，只有讲到他父母过早离世时神色变了一下，其余时候都是笑呵呵的。

令我印象最深的是，这里的百姓非常讲究卫生，房间内所有的物品家什都摆得整整齐齐，桌子、柜子及窗玻璃，无不透亮洁净，再就是房前宅后，都是挂满果、飘着香的果树，加上院子内外都还各有一块宽敞的场地，四周又是掩阳透风的绿荫……

"那边"的事

　　水奇缺的西海固，名字中偏偏藏了个"海"，也许正是这个"海"，才让这里的人们将对水的渴望深深地种在心坎上永不消失，甚至一代一代人带着这种心愿去追逐一个心中的梦，一个永远追不到尽头的虚幻之梦。

　　没有了水，说什么都没用。想脱贫致富，没有水就是一句空话。

　　那就从四十多年前的 1978 年中国改革开放那年说起吧——

　　在南方的广东，已经有人偷偷托香港的亲戚往家里带日本电子手表和照相机了；而江苏、上海一带的农村，有人则把家里纺织的毛衣、衬衣和小五金摆到城镇的汽车站、马路边开始做起买卖了……甚至有的村庄（那时称大队）的农民盖起了"小洋楼"！

　　然而，同是 1978 年的新年，西海固所在的固原地区的干部在元旦上班的第一天就向上级——自治区政府哭诉："救救我们这里的百姓吧！去年又是大旱，许多家庭已经无法度过这个年关了！"

"秋收到现在也才两个来月，就揭不开锅啦？"自治区的领导一听同样心急如焚。

"可不是！至少一半家庭这个春节里揭不开锅……"固原地委的干部是哭着向自治区领导诉说的。

"马上！你们……马上把报告打上来，看看我们区里和国家能不能再救急一下！你们这已经是连续好几年求救了呀，自己也得想想法子，自治区还有其他地方也很难哪！"

"知道知道，我们也一定会想尽办法的。"

求救的"报告"请求自治区回销粮食 2460 万斤……自治区政府的领导们是喘着粗气下笔批准的，因为他们手中实在是没有更多的粮食给西海固了，而这 2460 万斤粮食又能分给全西海固每人多少斤呢？能让他们度过多少天呢？

次年，即 1979 年，宁夏回族自治区党委做出了一个大胆而又似乎"违禁"的决定：对山区每人平均口粮不足 140 斤的农户免征农业税。要知道，国家免征农业税是在二十七年后的 2006 年 1月 1 日才开始的。那个时候，交公粮、交农业税可是中国农民身上最重要的"政治任务"，可想而知，是西海固百姓的贫困与生活艰难程度，让政府和党组织下了这般决心！

　　因为西海固的穷与苦太出名了，所以中央政府完全理解宁夏做出的相关决定。中央也从来没有忘记这块土地上的人民。

　　1980年，时任党中央总书记的胡耀邦到延安视察，之后专程到了西海固。这里的百姓生活给他留下了深刻印象，据说他在看望和听取这些山区人民的生活状态时，脸色异常凝重。直到最后离开前，胡耀邦总书记对干部说话了，说得非常激动，也非常沉重，提的要求也非常严厉。

　　1981年春，世界粮食计划署官员和联合国粮农组织官员等到西吉县实地考察，提出了援建132亩防护林的计划。胡耀邦专门就这件事重重地指示给相关部门和领导："这是你们的一件大事，又是关系国家名誉的重要问题。只许为国家争光，不许为国家出丑——这两句话要使西吉党组织人人都明白，并为之奋斗。"党的总书记说这样的话，实属罕见，也足知西海固在党和国家领导人心目中的分量。

　　机会来了——这个历史性的时间应该是1982年年中。这个时间点与一个人有关，他叫林乎加，中国扶贫工作的重要奠基者，时任农业部部长。

　　粉碎"四人帮"后，林乎加在党中央和邓小平的直接领导下，屡次"救火"到上海、天津、北京这几个直辖市当领导、抓难题，干扭转局面的重要工作，而且每每"能够解决问题"和"把问题处理得井井有条，并让这些地方恢复了秩序，走上了正常的发展轨道"。

进入八十年代，以邓小平为核心的党中央开始注意到扶贫工作，开始高度关注那些贫困地区的百姓生活与发展，所以又将时任北京市委书记的林乎加调任到农业部当部长和党组书记。

当时农村的贫困人口约2.5亿人。中央当时确定的国家发展宏伟蓝图是要在2000年前基本实现四个现代化。"农村和农业不能现代化，2亿多贫困农民不能脱贫，我们的现代化就是放空炮。"

1982年春天，西北地区仍在飘着雪花的日子里，林乎加一头扎到了与陕西、宁夏交界的甘肃河西、定西调研与考察。林乎加走得很细，也走得很实，走访了那些最贫困的农民家里，也到了孩子们上学的学校、流浪人员的收容所等。之后又风尘仆仆地赶到兰州，同甘肃省的领导和有关部门连续开会商讨帮助河西、定西扶贫的措施。与此同时，他又亲自向国务院领导汇报，建议国家专门确定支持甘肃河西、定西这两个特贫地区扶贫工作的方案与措施。

"那些日子，兰州的这些事迅速传到了远在银川的宁夏回族自治区的机关干部耳朵里，并且有人将这一情况报告了时任自治区党委书记的李学智。李书记马上做出反应，说甘肃河西、定西贫困不假，可我们的西海固紧挨着这两个地方，贫困的程度绝对有过之而无不及，可不能搁下我们宁夏的西海固呀！我们这边就按照李学智书记的指示，迅速派几名重要的自治区领导专程赶到兰州想向林乎加做专题汇报……"现任宁夏回族自治区扶贫办巡视员的马振江是宁夏扶贫几十年的见证者，他这样向我讲述了当年这一段历史。

"宁夏来的？林部长是到我们甘肃搞调研的，而且他们开的是'闭门会'，我可不能随便放你们进去！"兰州方面根本不让宁夏来的同志见到林乎加部长。

"见不到林部长？见不到你们就别回来！"李学智书记给"前方"的人下了死命令。

这下几个银川来兰州的"钦差大臣"着急了，于是到处想法子打听如何与林乎加部长接上头。"秘书找秘书，啥事不用跑。"后来身在兰州的宁夏"钦差大臣"与北京的林乎加部长的秘书接上了线。林乎加的秘书很快把宁夏同志"未见"的情况报告了林乎加。

"那我就到西海固走一趟！"林乎加见了宁夏的同志并听他们初步介绍了西海固的贫困现状后，神情异常凝重。他立即表了态。

这一趟西海固实地考察，给林乎加留下太深刻的印象了："以前只听说那些地方的百姓苦，地干旱。走了一趟，才真正知道啥叫西海固之苦，苦啊，苦得叫你心发痛，眼泪会不自觉地往外流……新中国成立也有三十多年了，我们对不住那里的人民啊！"
据说，回到北京的林乎加在向中央领导汇报西海固所见所闻时，
老泪纵横，几度哽咽。

"看来我们确实有些官僚主义啊！那个地方我是要去看看的。"
时任党中央总书记的胡耀邦感叹道。许多中央领导同志在听林乎
加介绍甘肃定西、河西及宁夏西海固的情况后，内心同样泛起了
巨大波澜。

这一年年底，国务院召开专门会议，决定了"三西"地区
（即甘肃的河西、定西和宁夏的西海固，简称"三西"）扶贫计划，
并设立了国家支援"三西"地区的专项资金，那时叫"农业建设
补助资金"。"开始是 2 亿元，我们宁夏 3000 万元，其余都是甘肃
的；现在这项资金达到了 6 亿元，至今从未间断过。"马振江说。

次年 1 月 11 日至 25 日，国务院"三西"地区农业建设领导
小组第二次（扩大）会议分别在兰州和银川召开（11 日至 18 日在
兰州，23 日至 25 日在银川），林乎加出席和主持了会议。两个月
后的 3 月 24 日，根据宁夏自治区党委有关会议精神，自治区政府
正式成立了宁夏西海固农业建设指挥部和扶贫开发领导小组。自
治区政府副主席马英亮为指挥部主要负责人和自治区第一任扶贫
开发领导小组组长。马振江等一批宁夏"老扶贫"就是在这个阶
段先后到了"扶贫办"工作的。"那时的扶贫工作对象主要是西海

固，我们的办公室门口挂了两块牌子：西海固农业建设指挥部、自治区扶贫办公室。"大学一毕业便到此报到的马振江对此记忆犹新。

1983年春节前后，许多西海固百姓穿上了没有领章帽徽的绿色军服，许多家庭也盖上了军棉被。这是中央军委响应中央号召动员海陆空部队为"三西"贫困地区的百姓捐助的绿军装，成为当时西海固的一道美丽风景线。

"中国政府有组织的开发式扶贫的历史性一页的序幕被拉开了。"时任宁夏扶贫办公室巡视员的马振江这样说。自参加工作就在自治区扶贫办的马振江明年就要到退休年龄了，他说他一生基本上见证了宁夏扶贫史，他说宁夏的扶贫比任何地方的扶贫都具有典型意义。一个西海固之子，一个从农业学校毕业出来就走上扶贫工作岗位的"老扶贫"的亲历，应该是最真实和最有说服力的。

二十世纪八十年代初，中央对包括宁夏西海固在内的"三西"地区的扶贫指导方针是：有水走水路，无水走旱路；水旱路都走不通，另找出路。没有路"另找出路"就是移民或整体搬迁移民呗！

当时甘肃有甘肃的方案，宁夏西海固的方案是：以川济山，山川共济。宁夏不是没有一点水，北部的黄河就是"水"之地，"山"当然是指西海固一带的干旱山区。

　　宁夏老一代扶贫工作者认真地告诉我：这段历史不能忘却，因为它是中央对宁夏特别是西海固扶贫工作所打下的基础，也可以说是十分重要的基础工作。现在我们所见到的"塞上江南"——银川一带的黄河灌溉区的"水韵北国"和南部山区的"掘井工程"都是其成果。老宁夏干部心头有笔账一直记得清清楚楚，从1982年到1989年的七年时间，因为中央对西海固的关心，这个地区的前后有个对比：1989年与1982年相比，人均产粮从185.6斤增加到509斤，纯收入从22.4元增加到211.5元，粮食回销从2.55亿斤减少到0.5亿斤。这个进步与变化，对内地富裕地区来说可能不在话下，可对贫困的西海固而言，绝对可以用"巨大"来形容。

　　然而，宁夏扶贫之路并非那么简单，尤其是极度贫困的西海固一带的脱贫攻坚之战，可谓每一次前进之路，都如徒步上一次高高的六盘山……那滔滔东去的黄河之水因为地势原因，无法灌至南部山区，黄河扬高工程虽被水利部门列入宁夏和西海固扶贫计划的最重要的项目之中，水利专家钱正英为此不知白了多少头发，但终未在那个年代梦想成真。山地上掘井，即使下挖几十米，甚至百米以下，水仍然难以维系人畜日常所需，更不用说浇地灌溉……

　　四个现代化的历史车轮在滚滚向前，中国东部和南方的现代化建设令世界瞩目，这些地区发生着巨大变化。此时，我国制定了"八七"扶贫攻坚计划：争取用七年时间，到 2000 年，完成全国 8000 万贫困人口的脱贫任务，并提出"不能把贫困人口带到下个世纪"。

8000 万贫困人口的脱贫举世瞩目！能不能完成这一伟大任务，全世界都在关注中国的行动和做法。

"东西部结对子，进行对口支援！"邓小平提出了一个战略性的行动方案，从此真正吹响了人类历史上最伟大的一场脱贫攻坚战役的号角……

根据邓小平同志的意见和建议，中共中央、国务院于 1996 年 9 月 24 日至 25 日在北京召开了我党历史上规格最高的一次中央扶贫开发工作会议。会议的目的是统一全党的认识，动员全社会的力量，加大扶贫开发的力度，为实现国家扶贫攻坚计划做出具体布置。江泽民总书记、李鹏总理分别代表党中央和国务院做了重要讲话。中央根据当时国家的实际情况，提出了到 2000 年底基本解决我国农村贫困人口温饱问题的目标。按照那个时候的贫困标准，当时我国农村贫困人口为 6500 万人，约占世界贫困人口的 1/20。

在此之前，国务院已经制定出"八七扶贫攻坚计划"，并确定了 592 个"国家级贫困县"。中央扶贫工作会议实际上是落实这一攻坚计划的动员会，也是第一次提出了具有"中国智慧"和世界意义的"中国方案"，即从传统的"输血式扶贫"向"造血式扶贫"全面迈进的全新行动。而这"中国方案"，正如习近平同志后来所言的那样，它是"在世界上只有我们党和国家能够做到，充分彰显了我们的政治优势和制度优势"的人类伟大举措。

女干部林月婵，最初在福建省"老区办"工作。福建是当年革命苏区的一部分，也有一片曾经了中国革命做出过重要贡献而经济却一直不发达的贫困地区，"老区办"（原称福建省革命老根据地建设委员会办公室）就是专门从事帮扶老革命根据地贫困人民发展的一个部门。爱和必须去爱，成为了林月婵的工作。后来林月婵成为省民政厅副厅长，干的仍然是"爱"的工作。之后"老区办"和新成立的"扶贫办"合并，她便成了福建省扶贫办主任直到退休。

1996年5月底，国务院扶贫办通知林月婵到北京开会，她才知道是让她与宁夏来的同志商议两个省区之间的对口帮扶具体事宜。

宁夏的贫困到底是什么样？最贫困的大概有几个县？林月婵第一次与"亲家"——宁夏的同志见面后，最关切的就是这些。

"最贫困的基本集中在西海固，加上中部地区的共8个县。"宁夏同志这样说。

"那我回去向省里汇报，我们争取准备8个比较好的县市与那

8个县作为对接单位。"

这是闽宁对口扶贫协作的最初意向。这个意向后来很快获得了两个省区领导的认可，并成为之后长达20多年的对口帮扶基本路线……

1996年10月，宁夏和福建分别成立了对口帮扶领导小组，福建方面由省委副书记习近平任组长。

接受习近平的指示后，林月婵就琢磨起来：既然是对口帮扶，那就得对两个省区之间的有关部门，比如农业、工业、科技、教育、卫生、交通等部门做深入细致的了解，之后才能细化对口帮扶方案。于是，风风火火的她，带着习近平同志的指令，很快调集了包括自己在内的一行14人，组成了福建赴宁夏学习考察团。

到宁夏怎么走啊？ 1996年底的福建人，已经满世界走了不少开放地区，可这十几位省机关各部门的负责人，竟然没有一个人去过宁夏，也没有人知道到宁夏该怎么个走法。

一查，有人就伸舌头了："林主任，那个地方跟我们福州没通飞机呀！"

林月婵也没有想到堂堂一个自治区，宁夏与福建之间竟然还没有一条省际的空中通道！这事在她心中烙得很深，也因此她后来大力促成了这条省际空中"走廊"。这是后话。

办公室的同志告诉林月婵，从福州到银川，可以走两条线路：

一条线路是先从福州到北京，再从北京到银川；另一条线路是先从福州到西安，再从西安到银川。后者线路短些、快一点，但林月婵选择了前者。"贺国强省长正在北京开会，我要向他报告一声，并听听他有什么指示。"就这样，林月婵一行从福州抵达北京，然后由她去面见贺省长。

为了不给宁夏方面添麻烦，林月婵一行在北京出发时就没有通知宁夏方面到机场迎候，一行人下飞机后自己找住处。

当晚从机场坐上出租车驶入银川市区后，应林月婵请求，司机把他们带到当时银川最繁华的华联商场街头转了一圈。"我一看那里的情况，就知道了宁夏基本是个什么生活状态：大街上很少有人，虽然那个时间是晚上八九点钟，但如果在我们福建，厦门就不用说了，即使在下面的市县城市，肯定也会是灯火辉煌，比银川热闹许多……但银川这里的夜市基本没有。除了最繁华的华联商场一块地方外，其他街道基本上都冷冷清清的。从街景可以看出宁夏这里还没有市场意识，百姓的生活水平显然与我们那边差距不小。"林月婵这样感慨道。

后来的十几天，她除在银川与自治区扶贫办等单位进行对接外，还马不停蹄地南下到了最贫困的西海固及另外两个地区的8个贫困县考察。

她在宁夏考察十几天后回到福州，立即向习近平等领导做了专题汇报，之后她又在省委、省政府研究对宁夏对接支援工作方案时不停地提出自己的意见和建议。作为福建省对口帮扶宁夏领导小组组长的习近平更是直接指导与领导林月婵他们的工作，每每见到林月婵或在电话里跟她通话时，他就会亲切地问问"那边"的情况如何，"那边"还有什么事需要多下点力气，等等。

"'那边'的事你就多费些心了！"习近平总是深情而又温暖地叮嘱道。

"那边"的事从此成为林月婵至今一直肩负和惦念的责任与心事……从1996年冬天那一次受习近平委托、第二年4月又随习近平等领导去宁夏起，林月婵每年都会去宁夏"那边"，有时一年一次，有时一年几次……到底去过多少次"那边"，连她自己都记不清了。

2016年7月，习近平在银川主持召开了东西部扶贫协作座谈会，林月婵应邀出席。这是她从扶贫工作岗位上退休后被邀请的一次"宁夏行"。

到林月婵家亲自访问了这位心系"那边"的福建省女扶贫办主任后，我才明白为什么宁夏人都称林月婵是"宁夏的女儿"，我似乎也懂了重病在身的林月婵为什么只要一听到"那边"来电话，就会颤抖着身子、迈着摇晃的双腿也要亲自去接电话。保姆告诉我，有一次林月婵接电话时倒在了地上，她竟然双膝跪地很长很长时间，一直等"那边"的电话打完才让保姆扶她起来。

第一次"牵手"就把爱牢牢结成

中国的扶贫和脱贫攻坚战，是人类历史上以最短的时间让一个最大群体摆脱贫困、走向富裕的一场伟大革命与史诗性战斗。什么样的方法和方式，也就是什么样的"道"将决定其成败。

我们同样清楚地看到：在新中国成立之后的七十年里，扶贫和帮扶工作从来就没有停顿过，这也是中国共产党的根本宗旨所决定的。然而，没有停顿和停止过工作，并不意味着就一定是比较好地实现了党和人民的意志的统一。以往贫困的地区和贫困的百姓，仍然没有从根本上、彻底地摆脱贫困，这一方面主要是由于我们的国家本身就是一个从贫困和落后的旧制度下脱胎出来的大国，另一方面也因为国家的发展始终是在停停走走的曲折道路上行进。

伟大的改革开放历史潮流，改变了中国社会的发展方式，也改变了社会的整体形态。靠近大海和与大海相伴的东部发展了，日新月异地奔腾发展着……于是发展着的东部和仍然落后与贫困的西部之间的差距越来越大。如何在这种形势下，平衡与协调东西部的发展步伐，让西部人民也能摆脱贫困，便成了执政的中国共产党的一大战略思考与布局。

"改革开放的总设计师"邓小平生前为此提出了"经济较发达的东部对口帮助经济欠发达的西部"的战略。

"来了！来了！尊贵的远方客人来啦！"1996年11月初的福州，依然风和日丽，一派暖意融融。

"真的是有福之城啊，我们那里已经冰天雪地，此处却依旧温暖如春！福气，这回我们与福建对口帮扶真的有福啦！"首次赴福建参加"闽宁对口扶贫协作会议"的宁夏回族自治区代表团成员们从机场乘车进入福州市区的一路上，每个人都感到少有的一种爽——精神和身体上的双重畅爽！

次日，宁夏福建第一次对口扶贫协作联席会议在福州召开，两地党委"一把手"各任团长出席，可谓最高规格。福建省委书记陈明义这样形容"闽宁对口扶贫协作"说："我们两地虽相隔千山万水，但改革开放和现代化建设早已把我们紧紧地联系在一起。根据党中央、国务院的部署，两地结成对子，进行对口帮扶协作，这是实现共同发展、走向共同富裕的一件大事，我们一定要共同完成这一神圣任务，共同努力消除贫困。"宁夏回族自治区党委副书记白立忱则在真诚感谢福建方面的热情接待和慷慨无私的支持的同时，十分恳切地说，在中央领导下，几十年来自治区各级政府和人民也很努力，宁夏扶贫取得了一些成绩，但有些地方仍然没有摆脱贫困，全区的脱贫任务还很艰巨。如今在中央牵头和安排下，与福建建立对口扶贫协作，让宁夏信心大增。他表示有福建这样的"亲人"来帮助支持，宁夏人民一定有更大的决心和能力实现摆脱贫困、共同富裕的目标。

"习近平同志担任与我们的对口扶贫协作领导小组组长啊！太好了，看看人家的重视程度！再说，习近平同志在河北当过县委书记，又在福建的厦门、宁德、福州等多个地区的重要岗位担任过主要领导，现在又是主管农业和干部的省委副书记，经验丰富，这可是个对口协作的大喜讯啊！"会上，宁夏同志第一次知道了以后具体负责两地对口扶贫协作工作的福建方面的领导是习近平同志时，格外兴奋。

"给了多少？"

"1500万元！"

"哇，第一次见面礼就这么丰厚呀！"两地领导们"第一次握手"，福建方面给出的"见面礼"让宁夏来的同志好一阵兴奋。可也有人在轻声嘀咕："要说也不少了，可咱们那里那么多贫困的地方，撒把芝麻也得用麻袋装，这1500万元回去还不知给谁好……"

"别瞎嚷嚷了！第一次到人家门上，张着血盆一样的嘴，像啥样？不怕把人吓着了？再说，你看看人家福建同志交给我们对口协作的'底单'多有分量嘛！"自治区的领导听下面人在嘀咕，斥道。

方才的窃窃私语者赶紧收敛。"看看这个吧——还不乐死你们！"领导又把一份仍冒着油墨味的文件放在代表团成员面前，"福建方面安排的8个对口单位……你们看看，都是当今最有实力的改革开放先进县市！"

"我看看！福州福清市对口——我们宁夏的盐池；福州市长乐区对口——我们的隆德县；泉州晋江对口——我们的固原县；泉州石狮市对口——我们的同心县；厦门市开元区对口——我们的泾源县；厦门市同安区对口——我们的海原县；莆田县对口——我们的西吉县；漳州龙海市对口——我们的彭阳县！看，福建摆的是'王牌阵'啊！"

"人家福建这回从各个方面都对对口协作这事安排得妥妥当当，极其重视。你们知道他们负责这事的是谁吗？"领导这回"卖关子"道。

"谁?"

"习近平!"

"太好了!听说他特别亲民,关键是,听说他在宁德抓当地的扶贫、脱贫相当有一套啊!"

"真是我们宁夏的福气!"宁夏赴福州参加协作联席会的代表团成员们把热议的话题转到了习近平身上,"领导啊,能不能什么时候请习书记到我们宁夏去一次,这样对我们两地对口扶贫协作会有大大好处的呀!"

"对对,应该邀请习书记还有福建省的领导们多到我们宁夏去实地走一走,这样对口合作起来效果就会更好些……"

"放心吧!这回联席会上两地领导已经达成了一项重要协议,就是每年要开一次联席会议,都由双方的主要领导带队,一方到对方那里参加会议。这不,这回是我们宁夏的同志到福州来,明年就该是福建同志到我们银川去开会了。"

"太好了!"

1996年11月初,宁夏代表团同志带着首次联席会议精神和签订的17个合作项目及由福建香江集团为宁夏西吉县希望小学捐助的100万元现款,以及妈祖和福建人民的深深爱意,满载而归地回到银川,这也意味着"闽宁对口扶贫协作"的历史性大幕由此拉开。

那个特别温暖的春天

春天来了！ 1997年宁夏的春天似乎比往年来得早，也来得格外温暖些……

打从福建回来以后，宁夏扶贫工作的节奏也显得比以往快了不少。年前宁夏军区在固原隆重举行了具有重要意义的"百井扶贫"工程竣工庆祝大会，水利部、解放军总政治部、国家民委、兰州军区及自治区领导都到会祝贺，这是因为"井"和"井水"在西海固一带实在太为百姓需要和期待了。在国家有关部门的联合协作下，兰州军区给水团派出官兵奋战10个月，在西海固一带的8个县43个乡镇97个行政村打成100眼机井，总成井深度达12000米，日总流量10.4万立方米，可以解决20万人和200万头牲畜饮用水，同时还能浇地3.4万亩。在自古"滴水贵如油"的宁夏南部山区一下子见到如此多的水，这不能不说是一个特大喜讯。

　　现在，福建人把"对口"帮扶的重任揽在自己的肩上，他们将以怎样的情怀去拥抱祖国西北的那片土地，全国人民特别是宁夏人正在热切地等待着……

　　果不其然，1997 年元旦刚过，两地合作的第一个项目——西吉与莆田马铃薯淀粉加工合作项目在银川签约。

　　马铃薯是西吉农民生存的主要食物之一，且由于海拔高、气温寒冷时间长，所以其口感好、耐贮藏，在全国马铃薯中品质居上，故西吉素有"中国马铃薯之乡"的美誉。西吉马铃薯，自古出名，一个县的马铃薯种植面积达百万亩，平均亩产可达 2000 公斤。农民每家每户种的、吃的，百分之八九十就是马铃薯。

　　福建人到宁夏最先关注到的就是马铃薯，就像宁夏人到福建后当地人喜欢先请他们吃海鲜一样。好吃，因为这样的第一印象，加上宁夏随处可见的马铃薯，所以福建人来到宁夏"做生意"，目光自然而然先盯在了马铃薯上……这是生意人的眼光。双方实惠，也符合民情。

　　然而福建的领导们则把目光投向整个宁夏的每一片干涸与贫瘠的土地，去寻找最需要帮助的那些点与面——1997 年 3 月中，六盘山上的积雪尚未融化，以福建省政府办公厅党组成员、省对口帮扶宁夏办公室常务副主任林月婵为首的一行人便已经来到宁夏。

"我是奉习近平同志的委托，先行前来了解和考察一下两地对口帮扶协作项目的……"林月婵一下飞机，就把自己此行的任务跟宁夏同志说。之后的十几天时间里，这位干脆利索的福建女干部带着她的考察组人员，按照习近平同志的指示，重点对拟定的两地合作的相关条线进行了认真考察。也正是此次全范围的实地考察，让林月婵等福建同志对宁夏全区在当时和之前的贫困现状有了较为全面的了解——

"黄河百害富宁夏。"在我采访林月婵时她感叹地反复说着这句话，后又说，"可在宁夏却也有贫富的天壤之别啊！"

原来宁夏的地形分为完全不同的两个区块：银南银北（即银川南与北），北部系黄河灌溉区，南部则是大山区。前者由于历史上尤其是解放后兴了黄河之利，农业相对发达，并且出产闻名的"宁夏大米"，素有"塞上江南"之称。南部山区则是干旱居多的贫瘠之地，尤其是西海固地区，这里每年平均降雨量在200至300毫米之间。"等于我们福建沿海台风季节老天爷翻一回脸的降雨量……这不把人和畜渴死才怪嘛！"福建人第一次听宁夏当地人介绍缺水的情况后，惊得半天没合拢嘴巴。

"旱的年份，颗粒无收。"宁夏人说。

"真颗粒无收？"福建人有些不信。

"就是这个样。"同心县的人对林月婵他们说，"远的不说，1980年至1982年，连续三年县上50万亩旱地作物，就是颗粒无收。"

"那百姓吃啥呀？"这样的事对福建人来说，绝对是不可思议的。但他们更想不到的是，一旦遇到这种年份，这些干旱地方的百姓想吃上、用上清水，就得花十几元甚至二十多元才有可能买回一桶水……

"不能再让我们的宁夏亲人过这种日子了！"福建人揪心而又郑重地说道。为了让即将召开的第二次两地对口扶贫协作联席会议上双方领导们能够确定具体合作项目，林月婵他们与宁夏扶贫办等同志初步确定了以下四个方向：打井打窖、坡改梯田、"移民吊庄"、希望小学。

打井，兰州军区给水部队和百姓自救中就有许多例证。打窖也是当地宁夏农民和科技人员想出的一套抗旱办法：在山坡上打个地窖，配合拦水沟，把雨季时沟、峁、墚上的雨水、积雪、冰块蓄起来，然后留着人畜及浇地用。这样的一口窖，建设费用约400元。在林月婵他们去之前的1996年，宁夏回族自治区推出这个项目后，群众建窖的积极性很高，只是计划中的42万眼窖，三年中才建了10万余眼，资金和时间都给自治区各级政府带来很大压力。"一眼窖所蓄的水绝对不够一户百姓用的，所以规划是帮助每户农民建五眼窖。这五眼窖什么时候建好，需要多少资金，对我们宁夏回族自治区来说，又是个不小的难题。"宁夏同志有些不好意思地向福建人倒苦水。

"移民吊庄"，这是宁夏回族自治区在解决贫困地区移民实践中所探索出的一个创举。它有两种形式：一是本县境内"吊庄"，贫困农民不出县，搬迁距离近，所移民的人员不改变隶属关系，到新地方以后由县里调拨给每人两亩耕地，每户两间房、一口水窖和一年的生活口粮以及种子肥料，第二年待生活、生产安排就绪，全家再搬迁来正式定居；二是县外"吊庄"，由自治区指定地点划给宜耕荒地，由迁出县将搬迁移民组成新的村镇，并领导开发建设，隶属关系也不变，虽然出了县，仍是原来县的一部分。两种做法的共同点：一是迁移到新地方以后，原来的承包地不收回，愿意的可继续耕作；二是移民可以在新的地方试一试是否生活得下去，愿意生活下去的就留下，不愿意的可以不迁；三是一户中如有部分人愿迁、部分不愿迁的可以做不同选择，把家"吊"在两处也行，相互关照；四是集体搬迁，仍能保持原来左邻右舍以及宗亲关系，尤其是少数民族更有保持民族与宗教习惯的方便和自由。

希望小学是当时全国都在推行的一件大事，再穷不能穷教育，孩子不能没学上，这是国家下了巨大决心的"希望工程"。

"但我在考察宁夏山区的百姓情况后，又提出了医疗卫生和支教方面的项目建议。"林月婵谈起这事时，又激动起来，"我当初到山区的那些农民家去看，尤其是跟那些妇女姐妹们聊的时候，知道她们因为水和卫生条件差，得妇女病的比例超高，十有八九。甚至有的女孩子月经才来没多长时间就患上妇女病了……很可惜，也很让人心疼！

"穷是客观原因，但没有文化是永远改变不了贫穷命运的。我在考察时发现，那边虽然九年义务教育国家包了起来，但中学教育由于师资缺乏及师资水平相对比较低，这样县以下的中学生源越来越少，其次是考上高中、考上大学的孩子比例太低。如果不在教育上下功夫，贫困家庭很难真正摘帽。所以我后来向省里、向近平书记多次呼吁要在两地帮扶项目中增加医疗卫生和支教两个方面……让我欣慰的是，近平书记和省里的领导对这两件事都很支持。"

林月婵此行其实除了受习近平同志委托，进一步有针对性地落实两地对口帮扶项目外，还有一个重要任务就是为省领导第一次来宁夏参加第二次两地协作联席会议打前站。

"来了！来了！贺省长、习副书记等都来了……"1997年4月15日下午，福建代表团抵达银川，这是新中国成立以来宁夏迎接的第一个规格最高的福建省党政代表团，一行共35人，用宁夏人的话是："我们海边的亲人来了！"这种"家里来了亲戚"的浓浓亲情气氛，感染着银川城。

次日上午，闽宁对口扶贫协作第二次联席会议正式召开，宁夏回族自治区党委书记黄璜、政府主席白立忱和马启智、康义、马锡广、张立志、周生贤、吴尚贤等自治区领导出席，福建省省长贺国强、省委副书记习近平等福建代表团全体成员参加。就在这一次会议上，作为两地对口扶贫协作福建方领导小组组长的习近平发表了深情的讲话。

习近平说，在 1996 年 9 月召开的中央扶贫开发工作会议上确定福建与宁夏为对口帮扶对子，这是党中央、国务院对我们的高度信任，是历史赋予我们的光荣责任。

宁夏同志对我讲，他们在听习近平的讲话时，就有种"与众不同"的感受："比如他这句话里的一个'高度信任'，一个'光荣责任'，换到别人的口中说出来，可能就是大话、套话，但在他的声音和语调中，我们能深切感受到它的真诚、真挚和掷地有声，你看这话中不是有两个'任'字吗？难道它不就是一位我们亲切和敬爱的党的领导人内心所担起的历史性大任吗？"

大任大任！中国数亿百姓的扶贫与脱贫重任，落在中国共产党人的手上，谁人能将此大任自觉地扛在肩上并努力实现奋斗的目标？

习近平也！历史走到今天，已经做了最响亮而有力的回答。

2020 年实现全国脱贫任务，是习近平总书记提出来的，也是在他任中共中央总书记和国家主席的岗位上实现的，难道这还不足以让我们认识"大任"之意吗？

如古人所说"天将降大任于斯人也"，中国扶贫、脱贫的伟大战役，可谓"天降于"习近平及以他为首的党中央身上。这是历史的选择，也是中华民族现实之大幸。

1997 年的宁夏人，还没有几个人真正熟悉和了解他们的"亲家"习近平，只知道他是福建省委副书记和宁夏对口扶贫协作领导小组的福建方领导，而且非常年轻（时年四十四岁）。他们更不知道习近平在出任闽宁两地对口扶贫协作领导小组组长的八年前，就在福建宁德地区任地委书记。在 1988 年至 1990 年的两年时间中，年轻的习近平同志就在宁德这一闽东贫困地区摸索出了一整套"弱鸟先飞""滴水穿石"的扶贫、脱贫经验。老革命家、原福建省委书记项南同志这样评价习近平与他"一班人"在那段时间的工作：他"一扫时下那种说大话、说空话、说套话的弊病"，"他留下的这份精神财富，肯定会对继任者起承前启后的作用"（见习近平《摆脱贫困·序》第 1 页）。

"宁夏和福建所处的地理位置和自然环境有着明显的不同，彼此协作具有较强的互补性。双方可在'优势互补、互利互惠、长期协作、共同发展'的原则指导下，以促进贫困地区经济发展为中心，以解决贫困地区群众温饱为重要任务，广泛深入地开展多形式的扶贫协作，促进闽宁双方共同发展。"习近平在 16 日上午代表福建方发表的讲话，让宁夏方面宛如习习春风拂面。习近平宣布道，今后三年中，福建方面决定每年从财政上拿出 1500 万元用于双方议定的扶贫协作项目，并准备动员更多的国有、乡镇、三资、民营企业的企业家到宁夏投资办厂。"通过广泛开展经贸协作、培植扶贫支柱产业、扩大劳务输出、加强资源和山地综合开发、兴办社会公益事业和加强干部交流、人才培训等多种途径，促进宁夏贫困地区尽快脱贫，推动闽宁两省经济和社会的持续、快速、健康发展。"

"老实说，当时习近平书记的这些话，对我们宁夏人来说，感觉特别新鲜，因为我们是经济欠发达地区，虽然到 1997 年时也已经有快二十年的改革开放时间，但毕竟宁夏的步子迈得很慢，特别是在扶贫、脱贫上到底怎么搞，如何运用经济杠杆及社会综合功能方面，几乎是一张白纸。所以习近平书记的话，我们听了既新鲜又好奇。"宁夏扶贫办的老同志说。

"习近平同志在这个联席会上说：福建省委、省政府和全省人民决心按照中央的要求和闽宁对口扶贫协作第二次联席会议精神，以'不到长城非好汉'的豪迈气概，同宁夏各族人民一起全力以赴、扎实有效地做好对口扶贫协作工作，为实现我们党向全世界做出的本世纪末在全国消除绝对贫困的庄严承诺，为二十一世纪使中华民族屹立于世界民族强者之林，做出无愧于历史的突出贡献！朋友，这可是二十多年前习近平同志讲的话啊！这些话现在听起来，依然能叫人热血沸腾！因为当时全国对口扶贫刚刚开始，大伙对能不能真正让像宁夏西海固地区那些近似赤贫的百姓摆脱贫困，心底其实还是有很大的怀疑，甚至不那么有信心。这是当时的一个比较正常的心态，像我们宁夏特别是西海固一带，关于扶贫工作也不是九几年才开始有的，几乎从新中国成立后就一直在喊，一直在做，但就是收效不是很大，百姓的生活没有根本性的改变，贫困仍然非常严重。这回闽宁两地对口扶贫就行了？我们也在看，也在观望。但习近平同志的话确实让我们振奋！尤其他的那句要用'不到长城非好汉'的豪迈气概和坚强决心，来帮助我们宁夏扶贫。这种信心，这种气概，这种绝对不是应付而是必须说到做到、做到彻底、做不好决不收兵的意志和真诚，能不感动和激奋我们宁夏人吗？所以当时我们宁夏有个说法，说福建的亲人来了，我们宁夏这个春天比以往温暖了许多。我感觉就是这样，是福建人，是习近平同志他们用真诚的心温暖了我们……"

习近平同志和福建人的心深深地打动和温暖了宁夏和宁夏人民。

1997 年的那个春天，宁夏大地确实处处春风沐浴，一片暖意，格外明媚。六盘山与贺兰山，似乎也比往年早了些时间融化，嫩嫩的青绿在 4 月中的日子里，便早早探出小脑袋在等待远方的贵客到来，等待一片如春的光芒普照到自己的身上……

是诗，是情，更是金子

    1997 年 4 月 16 ～ 17 日，闽宁对口扶贫协作第二次联席会议结束后，正值当地回族同胞的"古尔邦"节，一份浓浓的伊斯兰风情让福建亲人们也顿然感到"塞上江南"与陇上高原的独特韵味。在签订完"闽宁对口扶贫协作第二次会议纪要及五项具体事项"后的次日，自治区白立忱、马启智、周生贤三位领导陪同贺国强、习近平一行开始了从北到南的深入贫困地区的考察访问……

    宁夏的贫困到底什么样？到底以怎样的方式来帮助宁夏贫困的百姓解决温饱直至摆脱贫困？落后地区的扶贫、脱贫如何走出一条与以往不一样的路子？这是习近平没有挂在嘴边、却早已在思考的问题。于是，他一路走，走得非常仔细，那脚步时不时地在田埂和山岗上停下，时不时地蹲下身子抚摸一把板结的黄土和开裂的水窖，还走进农户去掀开锅盖，拍一下炕上那些薄薄的旧被……

"我随习书记一路走了五六天时间，从北到南，他对每一个地方都走得很认真、很深入，而且不时提出自己的一些看法与建议。"当年习近平第一次到宁夏考察访问期间林月婵全程陪同，她对 1997 年那个春天的"宁夏行"记忆犹新。她说："两地的第二次协作会议正式会期是两天，但宁夏方面考虑到尽可能地让我们福建领导们多了解一些宁夏的情况，所以在 16、17 日每天利用半天时间在银川和周边参观考察。16 日下午，我们随贺国强省长和习近平副书记一起到了银川南关的清真寺，与回民兄弟座谈聚情，了解伊斯兰教的习俗和他们的生活特点；17 日下午，根据习近平书记的提议，他希望我带他到附近扶贫做得好的点上去看一看，看一看我们福建对口扶贫能不能找出些符合宁夏特点的好做法。习近平书记专门说了，这回福建对口帮扶宁夏，我们的工作一定要做到有实效。他这话是在 16 日晚跟我讲的，所以我当晚就赶紧跟在宁夏的我们福建省援助宁夏建设的挂职干部联系，马上我们的同志就告诉我说：镇北堡的华西村非常成功，这是个'吊庄'式移民点，他们在江苏吴仁宝的华西村帮助下，一两年时间搞得非常成功。我向近平书记汇报后，他兴致勃勃地说，就到那里去看看。这样，17 日下午，我们就随习书记到了镇北堡华西村去参观考察……"

　　这日下午，习近平专程来到银川郊区的镇北堡华西村。退伍军人秋万全是在前一年担任这个村的村支部书记的。习近平好奇地问秋万全："你们是与江苏吴仁宝的华西村对口协作建设的村庄？连名字都叫'华西村'了？"

　　那时的秋万全刚过三十岁，身上有股军人气魄，他挺着身板向习近平报告道："我们这个华西村是1996年初由江苏吴仁宝的那个华西村与我们宁夏回族自治区商定合作创办的一个'吊庄移民'项目，现在全村的600多个村民都是从南部的西海固一带自愿搬迁过来的贫困山区农民。当时原则上要求的条件是初中以上文化程度、年龄在三十五岁以下，每个人都由江苏华西村补助300元安家费，用于建房子，还负责为村上建公共设施等等。正是鉴于江苏华西村的情谊，我们自治区就决定将这个'吊庄移民'村叫宁夏'华西村'，而且直接隶属自治区原农建委领导。"秋万全说，移民们刚到这儿也有些不习惯，因为这边冬春秋三季中隔三差五黄沙蔽日地刮大风，跟南部山区的气候不一样。一到春季，遍地浮出白色盐碱，道路返潮泥泞难走，生活和农耕十分艰难。当时全村两辆手扶拖拉机是仅有的交通工具，日子有些难过。但村支部和村委会班子在吴仁宝华西村他们的帮助下，在自治区农建委专家们的指导下，掀开了一场艰苦卓绝的战斗。秋万全向习近平报告说:"我和村里的干部鼓励村民们说:困难是暂时的,坚持下去就是胜利!后来我们先从修路、植树、挖渠开始,一步一步地朝着建设一个新农村和美丽家园方向努力。因为这里到处是盐碱地,改良土壤是我们生存的第一步,所以发动全村村民硬是用了一个月时间,挖开了深3米、长1000米的排碱沟,一亩一亩地刨出了可以种农作物的新土地……现在虽然才一年多时间,但全村村民已经不怕在这里待不下去了,因为已经有人成功地在新土地上种起枸杞等作物,从山东引进的良种猪,还有本地的滩羊等都有了收益。现在全村人生活稳定,人心稳定,村建设发展稳定。"

习近平听了秋万全的汇报,频频点头。林月婵等福建人又问秋万全:"你自己怎么从贫困走出来的呀?"秋万全笑了,说:"我可能是当过兵的原因,看过外面的世界,脑子活泛点儿!1989年从部队复员后,一开始在老家过的日子也非常艰难,所以去年初听说自治区要搞'吊庄移民',就报名了,带着妻子和儿女来到这个地方。当时来的时候大家基本上都是'两手空空,一穷二白'。"秋万全说自己虽然是村支书,但也是个十足的"贫困户家庭"。"我们老家是山区,第一次到这里一看,是一望无际的大平原,我就很激动,心想:这里可比我老家好几百倍!肯定能带领一家人致富。所以我暗暗下定决心干了……"秋万全说,最先开始他带着年轻的妻子帮人脱土坯、抱石头,以打工为生。后来积攒了1000

元钱，就利用这点钱买回了 8 头小猪，精心喂养，当年收入增加了 3000 元，后来又赚到了 8000 元。之后又利用这点钱学习汽车修理技术，购了工具，办起了汽车修理厂。修理厂赚了更多的钱，就又带领身边一些有建筑技能的乡亲们组建了一个建筑队，到银川市区和周边承揽建筑工程，这一干就"发"啦！"要想村里富，村支书就得学会比别人早富、快富的本领才行啊！"秋万全自豪地说，现在他的精力集中在带领全村人都富起来的工作上，要把这里建设成"塞外华西"！

"好！期待你们尽早成为真正的'塞外华西'！"习近平同志说道。

"这个'吊庄移民'和'塞外华西'，我能非常直接地感觉到它给习近平书记留下了很深的印象，在参观完镇北堡华西村回程的车上，他就对我和车上的宁夏领导同志说：'既然吴仁宝的华西村在这里搞成了一个很好的'吊庄'扶贫村庄，那我们福建省跟你们宁夏也搞个'吊庄'村，将来可能成为'吊庄'镇，不是很有意义嘛！'"林月婵说，"习近平的建议和想法我们都觉得好，宁夏同志更积极，说：'习书记你这个提议太好了！我们银川郊区还有广阔的沙漠地，如果选块空地，搬迁几千人来建设个新村庄、新乡镇肯定没问题。'习书记听了很高兴，又说：'这个新村庄最好要离水源近一点，这样能够解决用水问题。'宁夏同志一听马上向他报告道："有！这样的地方有。像银川郊区玉泉营一带就离黄河不远，十来里路，那个地方有广阔的空置地。"习近平一听连连点头，并指示我再与宁夏同志深入细致地研究一下他提议的方案。后来我就迅速与宁夏回族自治区和银川市等单位的同志找来地图和相关资料，交给习书记，请他选定地点。习近平书记很快同意和批准了福建省与宁夏回族自治区在银川郊区玉泉营共建一个'吊庄移民'扶贫工程方案，而他的这一决定，也为日后闽宁对口扶贫协作甚至于整个中国西部地区的扶贫、脱贫攻坚提供了一个模式和样本……"

"十九年后的 2016 年 7 月，习总书记再次到当年他圈定的闽宁镇时，他讲了一句话，我记着。总书记说：'闽宁镇探索出了一条康庄大道，我们要把这个宝贵经验向全国推广。'"

林月婵说到此处，眼眶中落下两行泪水。这是令她特别激动的事，也是闽宁对口扶贫协作二十多年中极其出彩的一个点。我知道"闽宁镇"从无到有，从有到辉煌，渗透了习近平总书记二十余年对"闽宁对口扶贫协作"的关注与心血，也是"闽宁对口扶贫协作"的示范与典型，是闪耀着习近平扶贫情怀与中国扶贫思想光芒的一个地方，它当然也是林月婵二十余年心系宁夏的一个最让她牵挂的"宝贝疙瘩"。

我们的思绪又开始拉回到 1997 年春天习近平自银川"南下"的线路——

4 月 18 日一早，在自治区领导的陪同下，贺国强、习近平等福建代表团一行从银川出发，到南部贫困地区考察。

第一站是同心县。

从银川到同心县，现在有高速公路，大概需要近三个小时，而 1997 年时需要花四个多小时。根据主人的安排，福建代表团要考察走访当地两个点：一是县城旁的河西镇，同样是一个落成不久的"吊庄移民"点；另一个是喊叫水乡的几户贫困百姓家。

"这里为什么叫'河西'？"

"因为我们在清水河的西边……"

"噢——那清水河的河水是不是长年累月都不断水呢？"

"也不是，不过在我们这儿它可就是大水源了！"

"'吊庄'之前这里的当地百姓多不多？"

"很少，有几个农场……"

习近平对河西镇的"吊庄移民"有了更进一步的认识和了解：原来宁夏不像福建，这里有许多平原——其实是盐碱沙地，如果这些地方解决了土壤问题，就是移民的好去处。

深入调研，细心观察，从实际出发，抓住当地优势，开拓思路，寻求改变旧面貌，闯出一条贫困地区的发展之路，这是习近平在福建宁德的从政之道。也正是这样的实践与探索，形成了他后来的领导包括闽宁对口帮扶的中国扶贫与全国脱贫攻坚战的伟大思想。

一路随习近平走访的林月婵说，她注意到，习近平同志第一次到宁夏考察时，每到一地，一是看，二是问，三是默默地思考。"这是他的一贯作风，当年在宁德抓改变贫困、发展当地经济时就是这个样……"林月婵说。

吕居永，1983 年至 1988 年任福建省宁德地委书记，后习近平接任他担任宁德地委书记。九十多岁高龄的吕老在接受采访时对当年习近平接任他工作时的情形记得十分清楚。

他说，习书记一到宁德，就下到基层搞调研，仅用了一个月时间就跑遍了闽东 9 个县，他很快根据自己的这个调研，总结出宁德三个特点、三个弱点、三大优势。这三个特点是：革命老区，9 个县都是重点的革命老区；少数民族畲族聚集区，全国的畲族集中在福建，福建的畲族集中在闽东；贫困地区，宁德是全省最贫困的地区，也是全国 18 个集中连片贫困区之一，所以被称为"老、少、边、岛、穷"，占全了。宁德还有三大弱点。第一个弱点是交通闭塞，那时福州到宁德之间只有一条福安公路，全程要走四个小时，宁德内部交通条件更差；第二个弱点是没煤少电，当时宁德只有一个小型水电站，没有水库，只能靠河流发电，丰水期有电，枯水期就没电，发电基本靠天；第三个弱点是群众思想观念陈旧，大多数人认为种田是为了吃饱肚子，养猪是为了过年，养鸡是为了买油盐，小农经济思想严重。但习书记也总结出了宁德三大优势：第一个是政治优势，革命老区，有光荣传统；第二个是山海资源优势；第三个是宁德劳动人民的淳朴风气和艰苦奋斗精神，形成了一种人的优势。

中国人口众多，区域之间的差异性极大，多数山区和中西部地区的自然条件又相当差，欲想改变那里的贫困落后问题，难度大之又大。那么路在何方？从何入手？结果又会如何？各种问题，致使扶贫和脱贫最不易解决。也许正因如此，贫困问题被联合国称为"世界级难题"。

再难，也必须解决！从毛泽东、邓小平开始的一代代中国共产党领导人决心在自己的国家将这一"世界级难题"化解成人民幸福的康庄大道。历史重任落到了以习近平为代表的新一代中国共产党人肩上。

"习书记一到宁夏，到同心县后，他就特别细心地深入到当地贫困百姓家中实地调查，听取百姓意见，与他们聊天……每到一户百姓家，他都要看一看他们的锅里有没有食物、有没有水，孩子穿什么衣服、上学了没有等等，看起来都是百姓的日常事情，但我能感觉到他是在细心地观察和分析当地贫困和解决贫困问题的实际办法。我们知道习书记在宁德时就是这样做的，也正是因为他的这种扎实作风和真心要为百姓改变贫困的坚强意志，在宁德短短的两年时间里，闽东大地就成功脱离了贫困线……"在随习近平走访同心喊叫水乡周家段头村 4 户贫困群众过程中，林月婵的这番感受更加强烈。

"喊叫水乡？这个地名很有意思。这里一定很缺水吧！要不怎么又喊又叫的……"像所有其他外地到喊叫水乡的客人一样，习近平等福建代表团一行一到这里，就有人问起这个很独特的地名来。

"可不是嘛！我们这儿距清水河虽然只有几十里，但河水就是到不了我们这里，所以祖辈们只能站在沙丘上又喊又叫的，故得此地名……"喊叫水乡的百姓这样对客人说。

"在我们西边的乡叫'下流水乡'，他们连叫喊的声音都没有，只能看着我们会不会喊叫几声把清水河的水叫喊动了，他们那儿才可能会有几滴水流过去嘛！"老乡们往身后的西边指指，自嘲自乐道。

水啊！没有水的大地就是沙丘与戈壁，或者就是盐碱地……习近平默默地注视着身前身后一望无际的盐碱丘地，目光中透着凝重。而当他将目光从远方的沙丘盐碱地收回到咫尺之间的老乡一双双紧握着他的手时，分明又变得那样温暖和亲切起来。每每走进老百姓家，与乡亲们聊天的时候，习近平总是那么平易近人，让那些第一次见他的老乡感觉像是自己家来了位"近亲"，谈话无拘无束，亲切和蔼，没有半点架子。这也让那些生活在最底层的百姓能掏心窝地对他吐露真实情况和希望，从而在听取各方面意见、建议基础上，找出解决问题的"桥"和"路"来。

"领导者的责任，主要是解决'桥'与'路'的问题。"1989年1月习近平在接受《安徽日报》的记者采访时这样说。（见习近平《摆脱贫困》第67页）

关于"桥"和"路"的问题，习近平进而解释：

"桥"，即搭桥，为群众发展商品生产打通渠道，架设桥梁。比如，对全区经济合理布局，正确指导，提供有效服务。但这还不够，还应注意解决人民群众在改革开放中出现的模糊认识，摆正一些关系。比如，党的十一届三中全会提出"治、整、改"方针，不少人认为是建设、改革要收了，要停了，这是没有从积极的角度来理解三中全会精神所致。犹如整顿交通秩序、修理路面是为了车辆通行更加通畅一样，治理整顿是为深化改革创造必要条件。这就要求我们既要顾全大局，又要结合本地实情；既不能强调特殊性而不贯彻执行中央的方针，又不能搞"一刀切"。所以，我们应该有乱治乱，有热消热，有冷加温，做到有保有压，有促有控，以推动经济健康稳步发展。这是解决"桥"的问题。

至于"路"，就是确定本地经济发展的路子，要从中央和省里的总体部署，从全局工作的大背景、大前提和本地区的实际情况来考虑。闽东属于"老、少、边、岛、穷"贫困山区，有913公里海岸线，300多个岛屿，至今经济仍然相当落后。怎么办？从现实出发，发挥沿海优势，抓住机遇，组织实施沿海经济发展战略，不攀比、不消极、不蛮干，紧中求活，活中求发展。"千里之行，始于足下"，足下的第一步要抓那些近期能做到的工作，这就是我们所遵循的路。（见《摆脱贫困》第76—77页）

曾经在宁德与习近平一起工作过的原宁德地区专员陈增光，经常会给身边的人讲起当年他随年仅三十五岁的习近平第一次在闽东下乡的两件事。

那年夏天，习近平带着地委几个干部到福安县的坂中畲族村。当地畲族待人最高的礼节是吃"糯米榯"，就是大米煮熟，和着花生、芝麻一起做成团，滚成一块一块，取个"时来运转"的好兆头。贵客来时，畲族人以此相待，因为这种食品制作非常耗费精力，光是食材就得准备几天。吃糯米槠有一个特色，必须用手抓。当时随习近平书记一起的陈增光怕习近平吃不惯，又觉得有些不卫生，就要去给他拿双筷子，被习近平制止了。习近平说："那怎么行？人家用手抓，我们也用手抓，你拿了筷子不是让人家觉得，你当官的吃东西都和老百姓不一样？"说着习近平就学着乡亲们的样子，盘腿而坐，又抓起糯米槠往嘴里放，还连连向畲族群众竖大拇指，说很好吃。当地老百姓连夸习近平，说这个地委书记怎么这么朴素啊，跟我们一样地吃东西。于是后来畲族乡亲们纷纷围过来与他们第一次见到的"大干部"聊起家常来……

　　在宁德屏南县，习近平去走访一位老干部。当地最高的礼节是"艾叶冲蛋"。艾叶是一种中草药，当地老百姓拿它冲开水，用这个开水直接冲打碎的蛋液，再放一点砂糖，就叫作艾叶冲蛋，也是他们接待贵客的礼仪。当地人听说习书记要到家里来，很是高兴，执意要做个艾叶冲蛋给他喝。陈增光等随行人知道这个东西如果开水不够热，蛋液不容易熟，所以一般外人喝了就不易消化。他们怕刚到宁德的习近平水土不服，就说习书记你表示一下就行了，不用真喝了。习近平笑笑，没说话，当主人端上一碗艾叶冲蛋时，他稳稳端起，毫不犹豫地全喝了下去。"好啊！习书记就像我们的老亲戚呀！"当地人见后，高兴得不亦乐乎。

　　"习近平书记的工作特点，就是他一边调查，一边研究，一边

思考解决问题的路子。"陈增光回忆起当年习近平初来宁德时一口
气走了九个地方,他给每个地方都指明了发展方向——

第一站是古田县。这个县是因古田溪而得名的革命老区,也
是个贫困县。看了当地百姓利用林木树枝和棉籽壳作为原料发展
食用菌生产,习近平做了充分肯定,指出:这是农民的创造,是
一项技术成果,一定要好好发展。

在屏南县,习近平听说这里曾经留下过这样一句话:"屏南屏
南,又贫又难。"他分析指出,屏南县虽然现在经济不发达,但我
们不能把它讲成"又贫又难",而要看到它是大有潜力、大有希望
的,多讲振奋人心、鼓舞士气的话,不能自己把自己看扁了。

在周宁县,他了解到这里有个鲤鱼溪,自然生态很好,便俯
下身子去聆听当地人的介绍。原来鲤鱼溪有一个典故:几百年前,
沿岸有两个村不和睦,经常发生械斗,他们的祖宗就想到在溪里
养鲤鱼,这样就不怕对方在水里下毒,因为一下毒,鱼就会被毒
死,也就知道水不能喝了。渐渐地,整条溪里就有了几千尾、几
万尾鲤鱼,就变成了鲤鱼溪。习近平说,鲤鱼溪有文化、有传统,
可以发展旅游产业,带动当地发展。随后他还特意走访了一个叫
黄振芳的林业大户,当得知这位山民在山上造了一大片林子,并
把整个家都搬上山去了,习近平便冒着酷暑执意要亲自上山去看
望。见到黄振芳后,他鼓励道:"你的做法是山区致富的一个方

向，你是致富的一个标兵，一定要坚持下去，有什么困难我帮助你。"后来习近平在所著的《摆脱贫困》一书中还提到了黄振芳，说："周宁县的黄振芳家庭林场搞得不错，为我们发展林业提供了一条思路。"陈增光认为，后来习近平的"绿水青山就是金山银山"理论，其实在那个时候就有类似观念了。

在寿宁县调研时，习近平听说冯梦龙当年在此当过知县，并留下一本《寿宁待志》。习近平博览群书，熟悉冯梦龙的文化贡献，在谈论《寿宁待志》时，他说，冯梦龙著此书时很有讲究，意识到自己没有把事情做圆满，就有了让后人去填补之意，所以叫"待志"，说明冯梦龙这人有水平、有境界。另外，冯梦龙提倡男女平等。过去寿宁有一个陋习，就是一定要生男孩，如果生了女孩就会被扔掉。冯梦龙当知县的时候遇到很多这样的事情，他很不满，就在县上的凉亭里贴了一个布告，大意是说"男人女人都一样，你的母亲就是女人，没有你的母亲哪有你"。习近平听完这一故事动情道：一个封建朝代的历史名人，能有这种民主精神和进步观念，令人敬佩。冯梦龙还创立了"无讼"的理念，提倡把矛盾解决在基层，这样到了一定程度就没有人来申诉了，也就是"无讼"。当地干部有人向习近平提到寿宁的落后情况时对发展未来有些畏难情绪，习近平语重心长道："寿宁基础条件确实较差，百姓生活也比较困难，但你们这儿比河南兰考还是要好不少。

你们要像焦裕禄那样，用全心全意为人民服务的思想和精神去工作，去努力几年，就一定会改变旧貌的。"

"九个县跑下来，习书记便对闽东整个地区心里有了底，随即他做了一个全面总结和思考，提出了落后地区如何发展的思路，即后来被宁德人称作摆脱贫困的灵丹妙药的'弱鸟先飞'和'滴水穿石'的思想理论。"陈增光说。

"'滴水穿石'好像容易理解，就是决心和坚韧的意志。'弱鸟先飞'是啥意思？林主任你们快给我介绍介绍呀……"这个春天，宁夏大地显得异常温暖，因为福建来的亲人们一路考察，一路给他们传经送宝。这不，当宁夏人听说习近平书记原来在宁德就有一整套扶贫经验，便向他的随行人员打听起来。

林月婵等福建亲人于是便开始给宁夏同志介绍习近平在宁德创造的"扶贫经验"和"扶贫理念"——我们现在可以从习近平所著的《摆脱贫困》一书中找出他的相关论述：

"毫无疑问，在发展商品经济的海阔天空里，目前很贫困的闽东确是一只'弱鸟'……这只'弱鸟'可否先飞？如何先飞？"

是嘛，我们宁夏、我们西海固的这些贫困县就是"弱鸟"中的"弱鸟"，也能先飞吗？宁夏同志说，他们是国家的西部地区，一直以来大家内心都认为自己是属于"天然的贫困"，只有"等、靠、要"，没有其他路子可走。他们甚至怀疑靠自己的努力摆脱贫困是徒劳。所以当他们听说习近平在宁德成功领导当地摆脱贫困，十分好奇和热切地想知道他当初到底是如何做到的。

确实，在福建采访和在北京听宁德来的文友们讲起当年习近平同志在宁德的故事，真的感到特别丰富和精彩。

陈修茂，原宁德县（市）委书记，当年曾在习近平领导下主政宁德县，肩负一方经济与社会发展大任，他的口中，满是当年习近平同志如何带领干群摆脱贫困的精彩故事。陈修茂说，经过一段时间的深入调研，习书记对整个宁德地区的面貌有了较深刻的认识，他就给我们开会，跟我们讲："现在宁德上上下下都有想摆脱贫困的愿望，但多数人还是在这么想：我们闽东是'老、少、边、岛、穷'地区，在沿海地区属于'弱鸟'。既然是'弱鸟'，过去又一直是国家的国防前线，那么大家的想法就又回到了'等、靠、要'上。于是'弱鸟'就只有一个出路：什么时候'等'到、'要'到、'靠'上了，就有好日子了！我看是不行的，也不会真正有好日子的。"于是有人就提出疑问了："弱鸟"的我们，能先飞吗？能吗？习近平问大家后，见站起来勇敢回答的人不多，便说："我看是可能的，而且完全是有可能的。"于是他耐心地劝导我们说，宁德扶贫要先扶志，要想发展，就必须首先摒弃"等、靠、要"的思想。从宁德的地理和自然及传统优势看，"弱鸟先飞"完全是有可能的，关键在于我们首先就要有信心和信仰。贫困是客观事实，有历史和现实的原因，但是贫困地区的人尤其是干部，在观念上绝不能"贫困"，尤其不能"安贫乐道""穷自在"，或者怨天尤人。这些观点应当全在扫荡之列。"弱鸟"可望先飞，至贫可能先富，而能否实现"先飞""先富"，首要的是看我们头脑里有无这种意识。所以我们的当务之急，就是干部和群众要来个思想大解放，观念大更新，四面八方去讲一讲"弱鸟可望先飞，至贫可能先富"的辩证法，这样，既可跳出老框框看问题，也可以振奋我们的精神。

陈修茂说："习书记进而又对我们说，不少同志希望国家多安排一些计划内原料，总之韩信用兵，多多益善。一般来说，关照多一点点总不是坏事。这心情可以理解，但我们有必要摆正一个位置：把解决原材料、资金短缺的关键，放到我们自己身上来，这个位置的转变，是'先飞'意识的第一要义。我们要把事事求诸人转为事事先求诸己。比如说，可以着眼于挖掘潜力，降低成本；可以通过外引内联，建立稳定的物资协作网络；可以鼓励各县制定一些让利政策。我们完全有能力在一些未受制约的领域，在贫困地区中具备独特优势的地方搞超常发展。也就是说，贫困地区完全依靠自身的努力、政策、长处、优势在特定领域'先飞'，以弥补贫困带来的劣势。这并不乏其例证。在城市乃至特区的电子行业中的许多重要企业开工不足、举步维艰的情况下，我们贫困地区的霞浦却让自己的电子按摩器、男宝器源源不断地进入国内外市场，而且供不应求，声誉甚好。显然，不能说霞浦的条件优于大城市和特区，也不能说霞浦的电子产业条件优于那些重要的电子企业；这只能证明，'先飞'不仅是可能的，而且是现实的。商品观念、市场观念、竞争观念对贫困地区来说，都是崭新观念，都应成为'先飞'意识的组成部分。没有这些观念，我们即使天天高喊商品经济也只是一句空话。习书记又跟我们比较道，沿海开放省份广东开放得早，又走得快，成绩斐然。最重要的是广东人从上到下，都有种'先飞'意识，'先飞'欲望极其强烈，终究飞起来了嘛！他又举了宁德近邻的温州为例，因为习书记在带着我们走完闽东9个县后随即又带我们一起到近邻的温州，他说，你们都看到了吧：温州就挨着宁德，说优势也不是太多，但那里的人思想解放，有'先飞'意识，所以他们这只'弱鸟'这些年一飞再飞，远远飞到全国各地的上空和前面了……"

"哎呀，习书记太厉害了！他这些话太对路我们宁夏的现状了！要说吧，宁夏的扶贫工作主要难点之一，就是许多干部和群众的头脑里积了太多的想法：等国家、等外面来帮助我们，要不就愁着叹气这也不行那也没法，就是少了些敢于站出来说要'弱鸟先飞'的人！"宁夏的同志感慨万千，趁着福建代表团一路"南下"考察调研，恨不得每天多听一句、多看一眼习近平书记他们是怎么看宁夏的，怎么说宁夏眼下该如何扶贫的。

"什么？习书记想去看看陕甘宁边区革命旧址——老豫海县回民自治政府的那座清真大寺？"同心县的干部一听既意外又高兴。

18日当天，在走访两个乡的间隙，应习近平的要求，同心县立即安排了前往同心县城郊外的清真大寺参观。

"同心县的名字起得真好！似乎这里的每一个地名都有深意和讲究……"在去清真大寺的路上，习近平一行一边颇有兴趣地观赏路途两边的自然风景，一边热情地议论起"同心"这个地名。

"是啊，同心同心，就是我们这里的各族人民跟党一条心嘛！"同心县干部说。随后他深入介绍道，同心县历史上曾经叫过"三水""韦州""平远""豫旺""豫海"等地名。五百年前，这里就开始成为回民聚集地。1936年红军西征部队红十五军进入该区域，著名红军将领彭德怀、徐海东、聂荣臻等都在此战斗过。《红星照耀中国》作者——美国著名记者斯诺在1936年到此地时受到彭德怀司令员的盛情接待。当年10月，由中国共产党领导的第一个回民自治县政府在此成立，成立地点就在现在的同心县清真大寺。由党领导的、当地回民领袖马和福任政府主席的红色革命政权"豫海县回民自治政府"的建立，成为中国红色政权在少数民族地区的一面旗帜，受到毛泽东和党中央的高度赞赏与重视。1938年，原豫旺县与豫海县合并，新县城设在原豫海县同心镇，故取名"同心县"。

有人便说："现在我们响应中央号召，对口协作扶贫，宁夏与福建结对，又一次'同心'奋斗！"

在同心清真大寺内外，习近平和随行人员认真细致地一一参观了大寺的建筑与寺内有关建立回民自治县经过的史料。当走上大寺的亭台层时，习近平沿亭台四周，举目远眺，心潮起伏许久，随后他对同心县干部和随行人员说："这片土地上曾经流下红军先烈和回族革命同胞的鲜血，我们一定要尽快将它建设好，让这里的人民过上幸福生活。"

当大寺工作人员指着亭台上一棵千年寿命的"枸杞王"介绍时，习近平上前轻轻地抚摸了那郁郁葱葱、生命力依然旺盛的枸杞树，不无感慨地说："枸杞是宁夏一宝，要让它成为群众致富一宝啊！"

"我发现，在你们习书记的眼里，我们宁夏也满地是宝啊！"考察访问的行程仍在往南部山区延伸，与习近平等同行的宁夏同志不时悄悄地对林月婵等福建人说。

是的，后来的宁夏同志和现在的我，有机会阅读到1988年习近平所写下的《弱鸟如何先飞》一文中有关动员和教育那些贫困地区的干部与群众懂得"飞洋过海的艺术"的文字——

他说，既飞，当然力图飞洋过海，要向外飞，在国际市场上经风雨，在商品经济中见世面。在论述贫困地区如何面对本地客观条件上的"硬"与"软"时，习近平指出："硬"通常是贫困地区所缺少的条件，但可以多讲"软"的条件。软环境建设方面，通常也是可以做成一篇好文章的。越是"硬"条件不足的贫困地区，越要注意发挥"软"功夫。"软功夫是贫困地区这只'弱鸟'借以飞洋过海的高超艺术。"

"根据各个贫困地区的区域特色，对百姓已有和所能创造的发展潜力进行发掘与发扬，这是习近平书记在宁德的一大执政创新经验，并且获得了巨大成功。"陈修茂深情讲述道，当年习近平书记给整个宁德地区的脱贫致富制定了一个长远规划，即在保护环境、植树造林的同时，结合当地实际情况发展多种经济。每个县都可以根据自身特色，制定不同的发展目标。比如像我们宁德县既有沿海乡镇，也有山区乡镇，属于复合型城镇，同时又是地区行署所在地，所以当时习书记对我们宁德县的定位就是：发挥地区所在地优势，以沿海带动山区，发展目标就是建成地区经济发展中心。正是这一规划既有针对性，又有深刻的远见，所以让宁德受益匪浅。

"要使弱鸟先飞，飞得快，飞得高，必须探索一条因地制宜发展经济的路子。"习近平一语点出了落后地区摆脱贫困的要义。

（见《摆脱贫困》第6页）

　　4月19日起，习近平一行来到西海固的固原地区，这是他第一次踏上这块有过辉煌文明的古老热土。随行人员发现，始终身穿夹克上衣、脚穿运动球鞋的习近平，在这里总是独自抬头默默地遥望四周高高的六盘山，时而脚步快速地行走在陇上的黄土墚上，时而又突然在一条条干裂的谷沟面前停下步子，久久地凝视着，凝视着……那目光里饱含着异常复杂的情感，似乎在询问，又似乎在寻找答案。当他的双足再次走进一户户贫困百姓家里时，眼中满是关切与怜悯——

　　家里的粮能够吃多少时间？

　　孩子都能上学吗？

　　有了病能治疗得起吗？

　　这水窖里的水有多少天稍稍干净些？

　　……

　　他问得很多，问得很细，声音也很沉，甚至有些颤……在这里，他看到了比他曾经插队生活了七年多的陕北更贫穷、更干旱的黄土陇原；在这里，他听到了一曲曲嚼着土豆和满嘴黄沙盼着有一口水喝的"天堂"山歌……

　　1997年4月21日，一架银燕划破长空，洒下一片光芒，照射在西北陇上大地，温暖了每一个宁夏人民的心头：

　　我们要以"不到长城非好汉"的豪迈气概和决心，对所承诺的事一件一件地抓紧兑现和落实！

　　你以为这是诗吗？它朴实得与黄土一样本色，它又如黄金一般闪耀着真情；你以为它不是诗？它比最经典的抒情诗更让民众振奋和激情澎湃！它就是中国共产党人的信仰与执着，意志和毅力，以及敢于担当的品质和对人民的无限深沉的爱！

　　是诗？是情？是金子？

　　是诗，是情，是金子——对宁夏和宁夏人民而言，习近平和福建亲人们在1997年春天的"宁夏行"就是这般诗情画意、真金白银，因为习近平有关"摆脱贫困"的思路和在福建宁德创造的诸多扶贫理论和经验，就是指导宁夏未来十年、二十年脱贫进程的经典与范本。

　　一本1992年出版的习近平所著的《摆脱贫困》，我知道宁夏扶贫干部和自治区相当多的领导干部早已非常熟悉且熟读它了。

走出大山之路

　　"到底谁是第一位走出大山、成为真正的'吊庄移民'的?"
当我来到今天的"塞北新绿洲"银川西夏区玉泉营时,那些早已
住上新房子、过上富裕日子的干部和村民们咧着嘴笑道:"我们
都是……"

　　"你们都是?"

　　"是,我们都是。"

　　他们确实都是……因为第一批总共是400多户贫困家庭的移
民,这400多户加起来就可能是几千人,几千人后面又跟着几千
人……

　　"真要追根刨底的话,我可以跟你讲——我们几个是真正的第
一批走出大山的人。"已经退了休的、自己的家仍留在西海固的三
个人却这样对我说。

　　丁建懿、马强和谢君清三人就是当时最早从西海固走出大山的人，但他们不属于第一批搬迁的400多户贫困户，他们确实比这第一批搬迁的贫困户还要早两个月先来到了当时一片荒凉的玉泉营"吊庄移民"区……

　　他们是为这第一批"吊庄移民"服务和落地的"干部先遣队"——西吉县县委、县政府给了他们一个工作单位：西吉县玉泉营"吊庄"建设办公室。

　　这三个人的命运后来与那片土地和"吊庄移民"事业紧紧地联系在一起。丁建懿，原西吉县兴隆镇副镇长；马强，原西吉县农业建设办公室副主任；谢君清，原西吉县文工团党支部书记。至于当时县里为什么调他们三人去开拓和开创那片土地上的"吊庄移民"事业，他们三人自谦地说，可能是因为这几个原因：第一，县上有设想如果成功的话，为在那边建一个贫困户移民镇级单位，所以抽调了3名副科级的镇级干部，意在探索和实践，作为能进能退的方案考虑的；第二，三个人来自不同单位，丁建懿当过副镇长，有行政经验，马强是农业建设办出来的，管理农村基础建设方面是行家，文工团党支部书记身份的谢君清，大概属于"能说会道"的思想政治工作人才吧——他自己这么定位。

　　其实，当时的西吉县委就是这么个意图。

　　"集体上访"事件后，自治区党委和政府在与西海固几个县及银川市和自治区部门进行认真细致的协调和调研基础上，由自治区政府副主席李成玉主持召开了一个协调会。会后以自治区政府的名义，做出决定：将自治区农垦局下属的连湖农场 10 队和 11 队从农垦系统内搬迁出来，划出 2.6 万亩土地作为西吉"移民吊庄"基地，同时对海原、固原上访的那些农户也进行了安排。（宁政阅［1990］13 号）文件规定：玉泉营"吊庄"的界址，东界西干渠，西接沿山公路，南毗连湖农场，北邻永宁县。东西长 5.2 公里，南北宽 3.75 公里，总面积 2.92 万亩，可开发面积 2.11 万亩，农田面积 1.78 万亩，其中铁路以东 9800 亩，铁路以西 8000 亩。之后（宁政办发［1990］122 号）文件又指出，扶贫扬黄骨干工程完工后，青铜峡甘城子还将划出净面积 40%，即 1.8 万亩作为西吉县"吊庄移民"基地。之后 1995 年、1996 年又两次对玉泉营"吊庄"基地土地进行了调整扩大，总面积接近 6 万亩，包括了玉泉营、连湖农场和黄羊滩农场及青铜市、永宁县等地。计划移民 1 万人。

"吊庄移民"是宁夏人的发明，也是一届又一届自治区党委和政府在中央扶贫、脱贫精神指导下开展的具有创新意义的一部已经载入史册的史诗。而当年，从事具体工作的那些扶贫工作者以及从大山里走出来的父老乡亲们，则是这部伟大史诗中最动人心弦的音符——

"明天就走吧！想好了带啥就带啥……去了就不能当逃兵！你

们仨都是干部，又是党员。"县委书记、县长，还有分管的一名副县长和人大副主任及组织部长集体跟丁建懿、马强和谢君清谈话，县长这么说。

县委书记接着说："这个任务非常艰巨，也非常光荣。自治区领导看着你们，全县几十万人民看着你们。一句话：只许往前行，不能往后退！咱西吉人祖祖辈辈在这块土地就没过上好日子，因为我们这块土地太亏肥了！人又多……所以先得把一批人"吊"出去！"吊"好了再"吊"一批出去。把这些"吊"出去的人先弄富了，其他人就跟着一起富起来。所以说，你们肩上担的不仅仅是工作责任，也是咱西吉人、西海固人的希望和未来啊！"

"书记、县长你们放心，我们就是把骨头烂在那里，也要把'移民吊庄'建设好！让先到那里的人扎下根，富了起来……回头我们再回来一批一批地带出去！"

"对对，一批一批地带出去！"

丁建懿、马强和谢君清纷纷当场表态。

1991年元旦后上班第一天，西吉县委、县政府召集了一个专门会议，决定了人事调动，和"吊庄"办公室组成班子成员进行了集体谈话。

丁建懿的职务由"丁镇长"变成了"丁主任"——西吉县玉泉营"吊庄移民"基地办公室主任。另两位也就是分管不同工作的副主任了。

"既然是办公室，就得有七八条'枪'。"丁建懿他们便开始"手忙脚乱"地筹备起来。说手忙脚乱是因为县长要求他们在接到通知后"立即出发"。

"当时我们就像当兵的那样，接到任务后就准备马上走。再说，其实也没有啥可准备的……那个时候办公室能有啥呀？连打字机、复印机都不可能有的。电话也等到那边好几个月后才有……打一次电话向县里汇报，要专门跑到银川市里去。"丁建懿他们说。

"知道那个时候我们的全部'家当'是什么吗？"几个老"吊庄"办公室人告诉我，他们在丁建懿等带领下，坐在一辆县里专门调度出来的老解放卡车里，"上面除了我们几个人自带的粮食与被子外，还有从县委党校里借来的30多张旧床板和几张办公桌、几把凳子……也就是说，这些就是我们'吊庄事业'开端的全部家当。

"那时从我们南部到银川没有高速公路，一条区级公路也是坑坑洼洼的。1月份天又冷，风又大，我们的大解放卡车走了整整两个满天才到达银川……记得那天到银川时已经深夜了，我们就住在一个郊区的小招待所，第二天一早就到了自治区农建委报到。之后赶往连湖农场11队所在地时天又黑了。原先说好我们一到，农场就腾间旧房子给我们住，可到了那儿人家说'不知道'，'没人通知'他们。这可怎么办？只能就地窝一宿吧！"

　　丁建懿说他一辈子都记得那一夜他们是如何度过的。1月的宁北大地仍然寒风刺骨，气温在零下十几度。"吃的我们从老家带着，不怕。可水没有呀！那个11队只有一口水窖，但周边住的都是汉民，我们一行中只有三两个汉民，其他都是回民。这口水窖里的水我们不能喝，怎么办呢？只能临时去小店买了几只铁桶。我就派了4名干部穿过西干渠去打水，在那里4个人提了4只铁桶，来回整整走了4个小时，结果回到我们夜宿的地方只剩下两桶半水了，因为一路坑坑坎坎，又是走夜路，所以能剩下两桶多已经非常不容易了！"丁建懿说，"水解决了，睡觉又成问题，毕竟大冬天的，晚上气温低至零下二十几度！我又派几个干部到沙滩上铲蒿子来生火，然后垒了砖，支一口锅，开始烧水，喝水暖肚子，烤火暖身子。但风太大，一口新铝锅全熏黑了仍然没把水烧开，只能凑合了！睡觉只能从车上拿下几块床板，围了一个圈，大伙坐在铺盖上……就这样一直坐到天亮。"

　　这是"吊庄人"所度过的第一个夜晚。这个夜晚的景况其实也预示着"吊庄移民"本身的艰难，更预示着扶贫、脱贫攻坚战的峥嵘岁月是如何开端的。

　　这是一批能吃苦、能吃大苦，又能干成事、干成了大事的

"'吊庄移民'工作干部"——丁建懿一行，仅仅用了 20 天时间，就对自治区划定的 2 万多亩"吊庄移民"基地的地理环境、自然条件、土壤状况、发展前景等进行了详细调查和论证，同时也完成了资源调查、土壤普查等工作，在满是风沙的床铺盖上写下了《西吉县玉泉营"吊庄"建设总体规划报告》和《搬迁计划报告》等。

　　很快，西吉县和海原等有相关"吊庄移民"计划的单位还统一制定了搬迁的安置和管理办法：

　　1. "吊庄"办公室负责安置和管理工作。"吊庄"办公室依照搬迁通知单和身份证按审批的居民点顺序划给宅基地，每户 0.5 亩（净面积）。对于无手续和手续不全的农户，一律不予接受。

　　2. "吊庄"共安排 32 个居民点，一个居民点安排 55 户约 275 人，4～5 个村民小组（居民点）为一个村民委员会，共安排 5 个村民委员。为了照顾搬迁农户的生活习惯，分民族安排居民点。

　　3. 房屋建成后，"吊庄"办公室按审批人口划分基本农田和经济林地。

　　4. 搬迁户不准买卖或以其他形式非法转让土地。

5. 对现有的树木、果园和园内的 350 亩耕地由"吊庄"办负责集体统一经营管理。

6. 搬迁农户在通知之日起两个月内不建房者，通知原籍乡镇人民政府另行安排农户。半年内不建房者，注销搬迁指标，"吊庄"办再另行安排给其他乡镇。

7. 搬迁农户必须服从"吊庄"办公室的统一领导和管理，对无理抢占土地、抢种、破坏和干扰搬迁秩序，影响群众生产、生活者，"吊庄"办公室有权取消指标，限期返回原籍。所造成的损失由本人承担，并视情节从严处理。情节严重的，由公安机关给予治安管理处罚；违犯刑律的由司法机关依法追究刑事责任。

8. "吊庄"办公室根据搬迁进度逐步成立基层组织，加强对搬迁农户的教育和管理。

9. 搬迁农户原耕种的各类承包地从"吊庄"新分配土地开发耕种起三年后收回。在此期间必须履行承包合同规定的各项义务。

在此基础上，自治区也要求西吉县等在搬迁上有进度标准，明确要求各部门按规划建立健全各种服务机构。1991～1995 年，先后要建立水管所、卫生院、小学、农业综合服务站、林业站、畜牧兽医站、供销社、派出所、乡政府、粮库等。至此，宁夏和西海固历史上不曾有过的一场独具创新的"'吊庄移民'史"，便这样拉开了轰轰烈烈的战幕——

"伢儿，你要走了，什么时候娘才能看得到你啊？"娘送到村口，拉着就要扬鞭而去的儿子，死死不肯放手。

"哎呀娘——我去那边安好家后就会把你和俺爹接过去的！"儿说。

"接过去了，这边的家咋办？"娘疑惑。

儿子笑了："扔了呗！"

娘哭了，就地而坐，哭叫起来："娘不去！你也不要去哟！"

"哎呀行了行了！等着过好日子吧！马儿走——驾！"儿子扬鞭飞起，马儿四蹄奔腾，山道上扬起一阵飞尘。

村口尽头，早有数十辆马车、板车、拖拉机……汇集成一股细细的"吊庄洪流"——与浩荡、巍峨的六盘山相比，它宛如在山谷间的一条细流。然而它异常顽强不息、勇往直前，一直向远方的未来前进……

这是另一个村口。

阿妹等在无人瞅得见的山梁后，等着阿哥的拖拉机出现……

"停一下！快停一下！"阿妹着急了，背着小包袱，飞步从山梁后冲向山道上，然后扑到阿哥的拖拉机前，将小包袱塞进阿哥的怀里，又扔下一句话，"安顿好了就来信啊！"

这个村口有些与众不同：

十几辆板车装得满满当当。这是5户人家倾巢而出，每一组板车上都是祖宗三代人，老的七八十岁，小的甚至不到四五岁……

"我们不想回来了！我们穷怕了！我们只想……只想出去过上哪怕是一天的好日子也不情愿再留在这穷山窝窝了！"这是那位抖着白羊胡须的老前辈说的话，因为他有这份心，全家9口人没有一个再留在老宅子的。

与他家同行的是同村人，他们都吃尽苦了，连炕头上前年解放军送来的一床慰问棉被都被睡出了一串串洞洞。他们全是家里几乎什么都没有的贫困户——如果再留在老宅，也许下一个冬天老人没了，孩子饿得只能啃泥巴，男人和女人都跑了……不如现在全家一起到一个新地方闯一闯，或许能闯出一条新路，至少全家人还能在一起"拼一拼"！

于是这几家就这样团结一致，一起奔向远方的那个他们从未去过的"北边"……这份前行的力量来自这些吃够苦的山里人心中装着的一个梦想，所以他们不顾一切地放弃祖先留给他们的土地和老宅，开始走出大山，向一个不曾知晓的地方前行。

一位西吉县的老领导介绍说，1991年那会儿，他们西吉县的多数农民家庭，家徒四壁，满打满算平均也才三四百元的家当，一趟推车就可以把全部家当拉走了。

西吉人苦，西海固人苦，所以他们拼着命想寻找到一条能够活着的有希望的路……

"玉泉营？好！听这名字就是块宝地！去，我报名！"

"我们家也报名！玉泉营，也一定有泉水！有泉水的地方也就是好地方！"

"啥玉泉营好地方？我们西海固有一百个'满水村'……哪个'满水村'你见过有水啦？半滴尿水都没见嘛！"也有人这么说。

从这种不同的议论中，我们可以感受脱贫攻坚战来自"内部"和"自身"的阻力是何等强大、何等艰巨。然而，历史的车轮依然在向前，那个远方的"玉泉营"如梦般地吸引着更多想获得希望与致富的人……

戈壁滩上的梦想

　　我到宁夏真正见到的第一位从贫困户脱贫致富的农民叫谢兴昌，他也是我见到的第一位因"闽宁对口扶贫协作"而得利、出名的宁夏老百姓。

　　谢兴昌现在在当地是名人，除了他是贫困农民群体中因"闽宁对口扶贫协作"而致富的代表人物之外，还有一个重要原因是：在2016年习近平总书记来到当年由他亲自确定的闽宁对口扶贫协作样板模式——"闽宁镇"（最早是村）视察时，谢兴昌作为移民致富的农民代表向习近平总书记做了汇报。尤其是谢兴昌在汇报当年刚到"吊庄移民"点时那个恶劣的生活环境时顺口所说的四句话，后来成为总书记在银川主持召开的中西部扶贫攻坚座谈会上的"流行语"，老谢从此在当地声名鹊起。他说的那四句话形容的是当年他和其他移民从西海固那边的西吉县来到玉泉营时所见的情景："空中无飞鸟，地面不长草，沙滩无人烟，风吹沙石跑。"

"那天习总书记到我们这儿视察，听我的汇报后，总书记当着许多人的面对我说：'你是移民的引路人，又是移民致富的带头人，还是闽宁镇发展的见证人。'我现在特别自豪！"

谢兴昌说他前些年已经从村干部位子上退下来了，现在是"自由职业"——一是为镇上做"义务宣传员"，向全国各地来学习参观的人宣传习近平总书记一手关怀下建设成的"塞外新天堂"闽宁镇的扶贫、脱贫奔小康的经验；二是得空帮女儿看看药店门市部。

走进谢兴昌女儿开的"达美"药店，有一种很气派的感觉。药店上下两层，每层约有两百来平方米，下层是店铺，上面则作办公、仓库和住宿之用。

"都是镇上统一建的，然后公开招标购买，再按相关政策补贴每户多少钱，对我们这些贫困百姓是极大的关爱、帮助。也就是说，你只要花很少的钱，就可以抱个致富的'金娃娃'……"谢兴昌指着他女儿经营的药店向我介绍，这个店铺自己总共花了36000元，"政府对我们搬迁移民特别关照。闽宁对口扶贫协作中我们这些人是最得益的一批人。"谢兴昌心怀感激道。

"一年能有多少收入？"我问他女儿。

"因为我跟北京的卫生部门和药检部门比较熟悉，所以我的药店比一般同类店铺可能生意好些……一年有那么二三十万收入吧！"女店主笑着说。

"我要求她的就是要以最低的价格把药卖给众乡亲。"谢兴昌说。

"你是哪年移民到这儿的？"

"闽宁村建设时的第一批人，也就是 1997 年来的……"谢兴昌说，"当时我们并不知道这边的事，只知道福建和我们宁夏有个扶贫协作项目，就是要建一个闽宁村，而且听说福建省的领导要出席建村的奠基仪式，所以要求 3 月份前报名到这边，成为搬迁的'吊庄移民'之一。"

当年谢兴昌听说上面又有"吊庄移民"的消息后，作为西吉县王民乡红太阳村党支部原书记，就动了心思。"当时我有这个心思，一方面是听说在我们之前已经有些村搬迁到了玉泉营来，上级希望我们村上的贫困群众也能够去一部分；最主要的是我自己也想到外面闯一闯了。我们王民乡在六盘山西侧的大山沟沟里，我自己一家共有 18 亩地，因为十年九旱，一家人日子过得太紧巴、太苦了！不说其他的，光说每天喝点水，都得跑到几里外的一个'冒眼'——就是山泉窝里去舀那么几碗。你想一个村庄有几百口人，靠那么点水咋过日子？牛羊不吃了？还有地里庄稼……唉，没办法。加上县里开会号召我们参加'吊庄移民'，我想我有责任给村上的贫困农民兄弟们带个头,为后面的村民们做个榜样,这样我就先一个人到玉泉营这边看了看⋯⋯

"我记得非常清楚,我是 1997 年 7 月 13 日那天到的玉泉营这个地方。一到这儿,我们县上在这里的'吊庄移民'基地办公室的人告诉我,说后天福建省里的习书记等领导要来参加闽宁村的开村建设奠基仪式,让我一起参加这个活动。我心想,这是好事啊!人家省里的大领导要来,而且这个闽宁村是福建和宁夏的合作项目,以后一定错不了!但老实说,当时我们并不熟悉习近平书记呀!"谢兴昌又大笑起来。

"闽宁村"是闽宁对口扶贫协作的重要项目,又如前文所言,它是习近平这一年第一次到宁夏考察后当场定下的协作扶贫示范点,所以从一开始就渗透了习近平同志的关切与心血。原定要参加"开村建设奠基仪式"的习近平同志因其他重要会议不能前来,他专门委派福建省扶贫办主任林月婵带领相关人员参加了"闽宁村"奠基仪式。

1997 年 7 月 15 日,这是个值得在中国扶贫、脱贫史上被永久纪念的日子。这一天,几百位自治区、银川市和西海固来的干部、移民群众代表披红戴花地出席了隆重的奠基仪式。林月婵代表习近平宣读了他发来的贺信全文——

　　在举国欢庆香港回归和庆祝中国共产党建党 76 周年的喜庆日子里，象征闽宁两省区友谊的闽宁村今天在这里隆重奠基了。我谨代表福建省对口帮扶宁夏领导小组，对闽宁村建设开工奠基表示热烈的祝贺！闽宁村的正式兴建，是闽宁两省区开展对口扶贫协作的一项重要成果。

　　坚持东部和中西部经济协调发展，这是我国国民经济和社会发展"九五"计划和 2010 年远景目标中的一项重要战略举措，是我们今后经济发展必须遵循的基本方针，体现了邓小平同志走共同富裕道路的重要思想。福建省正在认真按照闽宁对口扶贫协作第二次联席会议精神，抓好有关事项的组织实施。让我们共同祝愿，闽宁两省区对口扶贫协作更加健康发展，闽宁村早日建成，闽宁人民友谊长存。

　　"虽然我们当时有点遗憾没有见到习近平书记，但听他的贺信内容，我就觉得这个'闽宁村'今后一定是个幸福村，所以我就下决心要把西吉那边的王民乡穷兄弟们带到这个地方来。所以，当天参加完建村开工奠基仪式后我就往西吉走……可一想又不能这样空着手回去呀！那时候也没有手机，如果是现在照上几张现场照片，让乡亲们看看那么多自治区的、福建省的领导出席建村的隆重仪式，谁还能不相信今后这里是个好地方嘛！"谢兴昌说。

那天谢兴昌参加完"闽宁村"建村开工仪式后，便往老家走。他心想：怎么才能让本村的穷兄弟们跟自己到闽宁村来安家落户呢？就这么一着急，他在路上左右摇晃着脑袋向四周瞅……这一瞅就瞅到了一片玉米地。

谢兴昌兴奋道："这边的玉米长得不知比我们老家的好多少倍呢！那个玉米棒子一个顶我们老家的七八个！我想我啥都不用带回去，就带几根玉米棒子回去，让大伙看看就行了！"

"你挑大的，大的！尽管挑！"老谢说他到了那边玉米地后，正好有两个人在地里干活，听他一说理由，人家便让他自己挑。

就这样，谢兴昌背着几根玉米棒回到老家西吉县王民乡那个大山窝窝。

"村民们，你们可以啥都不信，但你们可以看看人家那边的玉米棒吧！人家也是种玉米，可个头比咱大好几倍呢！"村民大会上，谢兴昌举着玉米棒，做移民动员。

但因为有两个退伍军人站出来拆台，谢兴昌在自己家所在的村民小组的动员失败了。他背着玉米棒子又跑到另一个村民小组再去发动……

最后连同自己一家，全村共 12 户贫困家庭报名参加"吊庄移民"，搬迁到数百里之外的"闽宁村"。

　　第一次出发的那一天并不壮观，一台"兰托"农用三轮车，坐着连同谢兴昌在内的 14 个人，加上他们准备的一路吃喝睡用的物品，满满当当。谢兴昌说："14 个人中只有我老伴一个女人，其他都是一家一人，是先去建宅基和划地的，好让后面的家正式搬过去。所以一家先去一个。我老伴是去做饭给大家吃……"

　　不用问走出大山以后的创业岁月如何艰辛，单说他们"走出大山"之路就足够令人感叹与感动——

　　距谢兴昌的王民乡有近百里远的沙沟乡，地处固原、海原和西吉三县交界地，属于真正的"大山窝窝"。玉泉营"吊庄移民"的消息刚刚传到乡里时，回民马炳孝那年已经七十岁了，他立即找到负责这项工作的副县长，恳求全家报名移民。"再不搬，我马家就会断子绝孙了！再晚一些日子搬，可能家里过一段时间就会少一口人……"多少年后，有人问马炳孝老汉为啥这么积极想当"吊庄移民"，不识几个字的马炳孝直截了当地回答道。

　　与其说这是马炳孝从口中吐出的话，不如说是他内心深处淌出的血……

　　为了生存，七旬老人拼了：从偏僻的西吉沙沟到县城赶毛驴车就要近一天，然而马炳孝这一次是带着全家三代七口人一起上路的——从他老宅出发，到银川这边的玉泉营到底有多远，马炳孝老汉当时并不清楚。村里人就跟他开玩笑，"你赶着毛驴要一直往北走，别弄错了方向啊！"

"咋弄错了方向？等我到北边去了你们还有啥嘲笑我的？"马炳孝回敬说，"这回我是带着全家去奔小康，你们以后别眼红便是了！"

"好得很！你要是找到了那个叫玉泉营的地方，半年不回来，证明那里好着呢！我们就也跟着过去。"村民们跟他打起赌来。

"说定了！"马炳孝操起鞭子，只见坐满一家七口的毛驴车颤颤巍巍地走出大山沟谷，向远方驶去……

马炳孝早就跟家人说好了：前面就是刀山火海，我们也要往里跳，不可能再回到沙沟乡了！不能让村上的人嘲笑我们！你们答应的就跟我走，没这胆的就留在老宅基上。后来，儿孙们都点了头。于是马炳孝老汉临离开村庄时干脆把老宅都扒了，意在誓不回头。

"不易啊，我们走了整整七天七宿啊！"马炳孝后来跟人说。

不说人有多乏，单说那头毛驴，过去虽一直在马家任劳任怨，可那是在近村近地的田头或磨盘上，再累也可以偷个懒、打个盹，然而在陌生的长途跋涉中，毛驴第一次遇上它从未有过的艰辛：山道上，它要小心崎岖陡峭的山路；公路上，它要让着、躲着争抢道路的来来往往的车子和人流；白天的风、夜间的雨，还有陌生的街道与岔路口……毛驴从没有见过如此复杂、如此变化的路途。

　　七天七宿，一头毛驴，一家三代……这样的旅程，对马炳孝一家来说，就是一次为了改变命运的长征，是宁夏千百万贫困百姓的一个缩影，与马炳孝走了同样多、同样远、同样艰辛的"长征"之路的还有许多人。

　　其实，无论是第一批落户到玉泉营的移民，还是谢兴昌他们这批幸运的"闽宁村"村民，在他们离开家乡踏上另一个新家时所经历的环境和困难基本上是一样的，因为戈壁滩的本色就是荒凉与孤独，风沙伴寂寞。也就是说，你想在这里落脚，唯有苦干，唯有一往无前地苦干到底，就像移民们第一次想在这儿喝上清清的泉水一样，必须义无反顾地往地底下挖……直到胜利为止。

　　谢兴昌一行 14 人是闽宁村的第一批新移民，也是最早来落户的"土著居民"——现在谢兴昌经常这样"吹牛"自夸，因为现在美得跟花园一样的"闽宁镇"原来就没有一个真正在那里住着的居民。"它是一片荒地嘛！是彻彻底底的戈壁沙滩地……我们是这块土地上真正的土著居民！"谢兴昌说得也在理。

　　但在当时，同他一起过来的另外 12 位村民一下车就骂他是"骗子"。

　　谢兴昌说："我咋是骗子嘛？"

　　村民们就瞪他一眼："你不是骗子是啥？你说这里比我们家那边好，有'金窝窝'。咋没有呀？啥都冇嘛！"

　　谢兴昌用脚狠狠地踩了一下滚满砾石的戈壁滩，反问道："啥冇？这里不是'金窝窝'？"

　　"哎呀你个大骗子！大骗子呀——"立马，有村民一屁股坐在地上号哭起来。

　　"起来！你给我起来——"谢兴昌火了，一把将那号哭的村民拉起来，"咱们是头一批代表西吉县王民乡的移民，我们到了这儿，也就是说我们现在已经是闽宁村村民了！知道为啥叫闽宁村吗？因为这是我们宁夏和福建两个省合起来为咱西海固的穷人建的村庄，人家习近平书记亲自定的地方，定的名！你不感到光荣反倒哭丧个脸，你不觉得丢人我可丢不起这个脸！你要说这儿没有'金窝窝'，是我骗了你。但我告诉你，你给我听明白了——你们大家都给我听明白了：以后两个月里，如果你们听我指挥、听我话，我保证你们每家每户都能见到'金窝窝'，如果等两个月后你们冇见到'金窝窝'，那你们或者劈了我的头，或者就回老家去，路费我出！你们说咋样？"

　　谢兴昌带领大家从盖房开始，走上了建设新家园的艰辛道路。他也确实获得了实实在在的好处——正式建房之后，他又往镇上跑了一趟，贷了第一笔款，这种贷款因为沾"闽宁对口扶贫协作"的光，所以都是特别优惠。"你想想：像我这样的中等情况的家庭，每户 6 亩地、两亩宅基地，个人才交 2000 元，这样的好事等于天上掉馅饼，除了我们闽宁村，你还能在哪个地方找出这样的好事？"谢兴昌很自豪地告诉我，他就是靠这样的优惠政策和无息贷款与移民补贴，先把自己的家盖好后，一起来的那些村民就以他家为"根据地"，然后由他和另外 12 个人（包括他老婆在内）作为闽宁村"吊庄移民"的"革命种子"，建好了第一批房子，让一起来的 11 户村民都有了落脚、安心的宅基，然后再回到老家，接那些半信半疑的贫困乡亲们来参观。现场一看，那些西海固的老邻居们眼红了：这么好的地方，这么好的房子，这么优惠的政策，再不来是傻子！

最后他的"移民根据地"不断扩大，到 1997 年底，已经有400 多户在闽宁村落户。至此，他这个村支书也名副其实了——

写到此处，细心的读者可能注意到：为什么当年谢兴昌第一批带出的 12 户贫困户最后成了 11 户呢？谢兴昌说："有一户当时跟着我来后感觉戈壁滩没希望，所以回去了，后来到新疆去打工，他没有坚持下去，没有参加我们建设家园的创业，所以他没有'金窝窝'……"

"我们的宅基地和后来政府卖给每户新居民的铺面房，如果按照现在的市场价，那都是二三百万元了！"难怪闽宁村的"吊庄移民"都说自己掉进了"金窝窝"……

朴实的比喻，常比经典的诗句更透着人间的温馨与理想和信仰的终极意义。

"村"变"镇"，就是一部史诗

闽宁村现在已经没有了。二十世纪九十年代末，谢兴昌刚来时候的闽宁村如今早已发展成为银川市永宁县的一个乡镇。

我们现在可以从百度上非常简单地查索到关于闽宁镇的如下简介：它是中华人民共和国宁夏回族自治区银川市永宁县下辖的一个乡镇级行政单位，下辖福宁村、木兰村、武河村、园艺村、原隆村、玉海村6个村庄。

谢兴昌说，他最早来的时候，那片习近平"画圈"的闽宁村就是一片荒凉的戈壁滩，后来变成了几个村，他是最早的"闽贺村"支部书记，后来这个村与邻近的"兰子村"合并，成为新的"福宁村"。直到2009年时，谢兴昌从村支书岗位上退下。

从戈壁滩到金沙滩——谢兴昌和数万名西海固贫困百姓是这一过程的亲历者和创业者，当然也是得益者。毫无疑问，他们都是这片土地上的功臣。

从 1996 年中央决策东西部对口协作帮扶，福建和宁夏第一次联席会议召开至今，仅二十五年时间，一个世纪的 1/4。追溯一下人类文明史的进程，你会发现很少有国家能够像中国一样可以在这么短的时间里，将一块一无所有的戈壁沙滩，变成一个四通八达、人均年收入超过 1.4 万元，甚至率先用上了北京、上海等大城市都还没有用上的 5G 这样最先进的通信技术的现代化城镇……

闽宁镇正如一颗耀眼的中国脱贫史上的璀璨明珠，在宁北的大地上闪闪发光……

从闽宁村到今天的闽宁镇，就是一段中国扶贫开发和脱贫攻坚战役中的一个经典篇章，而绘制这个经典篇章的"总指挥"就是习近平总书记。

习近平总书记三次到过宁夏：除了已经提到的 1997 年 4 月那次外，2008 年他作为党和国家领导又来考察过一次，之后便是作为党的总书记和国家主席的他，于 2016 年 7 月 18 日至 21 日第三次来到宁夏。前三天，习近平总书记是考察宁夏，最后一天是主持召开了东西部扶贫协作座谈会。四天时间在国内的一个地方视察与开会，这是习近平担任总书记、国家主席之后少有的安排，可见宁夏扶贫和闽宁对口扶贫协作、全国脱贫攻坚在他心中的分量！

2016 年的 7 月，这一个月的太阳光芒格外灿烂，从南到北的景致也异常艳丽……这是宁夏一年中最好的季节。宁夏扶贫和"闽宁对口扶贫协作"中人们最想念的人在这个月又一次来到这里，他就是习近平总书记。

从 18 日一下飞机便到了西海固，习总书记一直从南到北在宁夏大地上视察，一路将温暖和温馨带给了数百万宁夏人民。《人民日报》记者这样记录了习近平总书记的此次视察行程——

18 日上午，习近平从固原市六盘山机场一下飞机，就驱车一个多小时来到西吉县将台堡，瞻仰红军长征会师纪念碑，参观红军长征会师纪念园、纪念馆。他向纪念碑敬献花篮，向革命先烈三鞠躬。在纪念馆一幅幅图片、一件件实物面前，习近平不时驻足凝视。他深情地说，我们党领导的红军长征，谱写了豪情万丈的英雄史诗。伟大的长征精神是中国共产党人革命风范的生动反映，我们要不断结合新的实际传承好、弘扬好。推进中国特色社会主义事业的新长征要持续接力、长期进行，我们每代人都要走好自己的长征路。

18 日下午，习近平在固原市冒雨考察了两个村的脱贫攻坚工作。在泾源县大湾乡杨岭村，他察看村容村貌，到回族贫困户马科、马克俊家中详细了解脱贫措施的制定和落实情况。从住房、设施、牛棚到就业、收入、上学、看病、公共服务，习近平一一察看、关切询问。在同村民代表交谈时，村民代表纷纷述说村里这些年在水、电、路、产业发展等多方面发生的显著变化，特别是对贫困户实施人均发展一亩粮、一亩菜、一头牛的帮扶措施，使贫困户收入越来越有保障。习近平指出，好日子是通过辛勤劳动得到的。发展产业是实现脱贫的根本之策。要因地制宜，把培育产业作为推动脱贫攻坚的根本出路。离开村子时，闻讯前来的村民们感谢总书记的关怀，习近平同他们握手，祝乡亲们脱贫致富的路子越走越宽广。

在原州区彭堡镇姚磨村，习近平侧重了解了党员示范带头和能人大户带动、发展冷凉蔬菜种植产业帮助农民脱贫的情况。他看工作展板、看蔬菜瓜果，同种植大户和务工群众交流，向他们询问土地流转的具体操作和无公害种植的基本要诀，同他们一起算投入产出账。习近平肯定他们依靠村党组织带头人和致富带头人实施"双带"工程、帮助群众脱贫致富的做法，希望村党支部增强联系群众、服务群众、凝聚群众、造福群众功能，激励和帮助群众更有信心、有决心、有恒心地克服困难，实现致富梦想。

19日上午，习近平来到银川市金凤区新城清真寺。他在中国伊斯兰教协会副会长、宁夏伊斯兰教协会会长杨发明和该寺开学阿訇马生明陪同下进入寺院，了解清真寺日常管理和宗教活动开展情况，同自治区伊斯兰教界代表人士热情握手、亲切交谈，之后又在礼拜殿外同信教群众交流。听了该寺依法依规开展宗教活动、在信众中宣讲伊斯兰教爱国爱教的精神、积极引领信众参与社会建设、为维护当地和谐稳定发挥积极作用的介绍，习近平称赞他们做得好。他强调，我国宗教无论是本土宗教还是外来宗教，都深深嵌入拥有5000多年历史的中华文明，深深融入我们的社会生活。要积极引导宗教与社会主义社会相适应，支持我国宗教坚持中国化方向。我国伊斯兰教要做好解经工作，注重宣讲最新的解经成果，大力培养宗教人才特别是中青年宗教人才。习近平希望他们坚持和完善好的做法，不断精进宗教造诣，更好深入信众、服务信众、引领信众。

之后，习近平来到银川市永宁县闽宁镇原隆移民村考察。这里是二十年前习近平亲自提议福建和宁夏共同建设的生态移民点。二十年过去了，这里已经从当年只有8000人的贫困移民村发展成为拥有6万多人的"江南小镇"，从当年的干沙滩变成了今天的金沙滩。他沿途听取镇区规划建设情况介绍，实地察看花卉香菇种植、蔬菜香菇种植等农业科技大棚，了解该村种植、养殖、劳务等产业发展情况。在村党群服务中心，他详细了解闽宁镇扶贫攻坚、福建省对口帮扶等情况，并视察民生服务大厅、卫生计生服务站，对现场工作人员和办事、就医的群众表示慰问。随后，他来到回族移民群众海国宝家中看望，并同村民代表交谈。1997年从西吉县移民到闽宁镇的谢兴昌激动地告诉总书记，一家人搬到这里近二十年，感到天天都在发生新变化，要说共产党的恩情三天三夜也说不完。习近平回应他说，在我们的社会主义大家庭里，就是要让老百姓时时感受到党和政府的温暖。看到这里的移民新村建设得很规整、很漂亮，大家摆脱了过去的贫困日子，我打心眼里感到高兴。习近平指出，移民搬迁是脱贫攻坚的一种有效方式。要总结推广典型经验，把移民搬迁脱贫工作做好。要多关心移民搬迁到异地生活的群众，帮助他们解决生产生活困难，帮助他们更好融入当地社会。

　　19 日下午，习近平在银川考察了宁浙创业园和宁东能源化工基地。在宁浙创业园，他观看创业园规划建设视频短片，到"义乌购"运营中心通过大屏幕实时了解义乌商城建设、运营及宁夏商品在浙销售情况，了解宁夏本地电商企业发展和发展跨境电商产业情况。习近平对宁浙协作取得的成绩表示肯定。他指出，东西部扶贫协作是加快西部地区贫困地区脱贫进程、缩小东西部发展差距的重大举措，必须长期坚持并加大力度。要鼓励支持更多企业参与西部地区脱贫攻坚工程。

　　据宁夏同志介绍，其实习近平总书记此次对宁夏视察特别认真，并且一路跟干部群众讲了很多"热心肠的话""鼓劲的话"和"希望与激励我们把工作做得更好的话"……

　　"你可以看看《人民日报》2016 年 7 月 23 日那篇《社会主义是干出来的》。"自治区扶贫办的同志说。

　　很快，我读到了这篇习近平总书记宁夏考察的回访文章（选段）——

　　全面建成小康社会决胜阶段，脱贫攻坚冲刺阶段，宁夏作为西部地区、民族地区、革命老区、欠发达地区如何与全国实现同步走？如何打赢脱贫攻坚战？习近平总书记念兹在兹，牵挂在心。

循着考察足迹，记者回访了和总书记面对面交流的部分干部群众。

历史长河里找准方位：走好我们这一代的长征路

考察路线：18日上午，固原市西吉县将台堡

宁夏南部，距离固原市六盘山机场一个多小时车程的西吉县将台堡，记录着红军艰苦卓绝的征程。

红军长征胜利80周年之际，习近平总书记选择这里作为宁夏考察第一站。

夏雨绵绵。在红军长征会师纪念碑前，习近平敬献花篮，整理缎带。1936年10月，红军三大主力在会宁和将台堡会师，标志二万五千里长征胜利结束。

红军长征会师纪念馆，讲解员王凤杰深情地回忆起接待总书记的一幕："他看得细、问得深，刚进门就在'红25军单家集布告'前驻足。单家集一带是回民聚居区，红军宣传党的民族政策和宗教政策，制定了这则布告。"红25军经过单家集时，向当地传授粉条技术，回族群众因此称之为"红粉"。王凤杰说，总书记对这段长

征史饶有兴致。

纪念馆里，王凤杰多次诵读毛泽东的《清平乐·六盘山》，"真想听听总书记吟诵这首诗，遗憾的是，这一次时间太短。'不到长城非好汉'，不正是今天中国的精神写照吗？"

长征路线沙盘前，习近平总书记讲了一席话，固原市委书记纪峥几乎能一字不落地背下来。"我们要继承和弘扬好伟大的长征精神。有了这样的精神，没有什么克服不了的困难。我们要走新的长征路，长征永远在路上。当年的长征，是中国共产党带领人民夺取政权的长征，我们现在是改革开放新时期实现'两个一百年'奋斗目标的新长征，这是接续进行的。我们这一代人要走好我们这一代的长征路。"

"总书记话语间展现出强烈的历史担当。这席话让我想起他反复强调的'不忘初心'四个字。我们接续的这一棒，就是要打赢脱贫攻坚战，让固原和全国共同实现小康。"纪峥说。

纪念馆外，上百位干部群众闻讯赶来。霍家沟的马国栋一身湿透，却美滋滋地浑然不觉。"听说总书记来了，谁都顾不上拿伞。"总书记边握手，边问候乡亲们

"身体可好？""种了几亩地？""总书记惦念着革命老区人民的生活，这份关怀暖和得很。"

小康路上补齐短板：脱贫攻坚靠干部群众齐心干

考察路线：18 日下午，固原市泾源县大湾乡杨岭村、原州区彭堡镇姚磨村；19 日上午，银川市永宁县闽宁镇

"全国还有 5000 万贫困人口，到 2020 年一定要实现全部脱贫目标。这是我当前最关心的事情。"习近平对扶贫工作关怀之深、思虑之细，西海固地区是一个生动的见证。

这是习近平第三次来到西海固。这块昔日"贫瘠甲天下"的贫瘠地区，二十年前同他结缘。1996 年，党中央、国务院做出开展东西部扶贫协作的重大战略部署，闽宁对口扶贫协作由此起步。时任福建省委副书记的习近平任组长，牵头负责对口帮扶宁夏工作。坡改梯田、打井打窖、"移民吊庄"、希望小学，习近平当年主导的这些扶贫措施，改变了无数贫困家庭的命运。

二十年来，他始终惦念着这里的乡亲。

习近平想到艰苦地方再去看一看。泾源县大湾乡杨岭村，是个"穷村子"。村里的贫困户马科，没想到在家

中见到了总书记。习近平站在绿意盎然的小院里，和他聊起家常。马科兴奋地向总书记汇报："过去日子揭不开锅，现在养了 5 头牛，种了 15 亩地，农闲时外出打打工，全家一年赚个四五万块。"

"粮食够吃，孩子有学上，看病有新农合，下一步你还有什么打算？"总书记笑意盈盈，马科一时不知从哪讲起。习近平殷切嘱咐他："首先抓好孩子的教育，不能让下一代输在起跑线上。再一个，扎扎实实把生产搞上去，持续稳定地增加收入。"

贫困户马克俊家格外热闹："就在咱家这炕上，总书记拉着我的手，叫我老弟。这感觉一辈子都不会忘。共产党带着我们庄稼人实现梦想，日子越过越有奔头。"

村干部、党员代表、养牛大户和贫困户代表，满满当当挤了一屋子。"村里路修好了，雨天不是一脚泥了""过去挑水，现在自来水哗哗流""干部都下村了，过去电视里认识的现在当面见到了"……村民们打开话匣子，争相讲述这些年翻天覆地的变化。养牛是杨岭村产业脱贫的重要途径。养牛大户马全龙想着继续扩大规模，从现在 11 头增加到 20 头。"总书记勉励我发挥好示范带头作用。这两天，我正寻思着把养牛的乡亲们聚一起说道说道。"

兰竹林是杨岭村第一书记，下村九个月。讲起脱贫工作，数据信手拈来。习近平扭头问村支书马安林，你们配合得怎么样？"我连声称赞，配合得好，第一书记工作扎实得很。""总书记的话，我都记在了小本上：'一个村子建设得好，关键要有一个好的党支部。''要因地制宜，把培育产业作为推动脱贫攻坚的根本出路。'我向总书记拍了胸脯：'请放心，保证完成好任务！'"

山坡上，十里八村的乡亲赶来了，里三层外三层。雨还在下，他们扔下伞，热烈鼓掌，争相同总书记握手。"有叫'总书记'的，有叫'主席'的，还有叫'习大大'的，大家美得很、乐得很，有人掉着泪珠咧嘴笑。"马安林难忘此情此景，"这就是民心。"

原州区彭堡镇姚磨村，通过发展现代农业，脱胎换骨成了"富村子"，万亩冷凉蔬菜基地声名远播。总书记一下车，许多种植大户和务工村民围拢过来。

姚磨村的致富路，得益于"双带头"：大力培育农村基层党组织带头人和致富带头人，带动农民致富。马秀会就是一位致富带头人。十四年前她在村里带头种辣椒，如今牵头一个蔬菜种植专业合作社。"总书记看了我们新鲜采摘的辣椒和蘑菇。宁夏的蘑菇种植受益于福建农学家林占熺的菌草技术，没想到的是，这是总书记曾经点将派过来的。林占熺的技术推广和应用，成为闽宁对口扶贫协作的一个生动故事。"

姚磨村本来是一个娶不上媳妇的穷村，而今成了争相嫁过来的福地。郭少玲是冷凉蔬菜基地里的流转务工人员："总书记问了土地承包费、务农打工费、入股分红，他心里有一本账呢！"

罗军是种植大户，晒得黝黑，裤脚沾着泥。过去一瓢种子、一把粮，自己肚皮都填不饱；而今，他担任一家信用合作社理事长，操心着上百户村民的口粮。"我提出，'想更好了解市场需求'。总书记讲得透彻：'防范市场风险，既需要经营个体敏锐把握，也需要政府加强服务，尤其要做好信息服务工作。'"

一个细节让姚磨村村支书姚选印象格外深刻。习近平仔细看了展板上的党支部图表，蔬菜产业党小组、肉牛养殖党小组、劳务输出党小组……"总书记这时候说了一句话，'产业链上设立党组织'。多生动的方法论！这句话既是我们的党建路，也是致富路。"

贺兰山脚下的闽宁镇，是东西部扶贫协作的一个样本。19 日上午，总书记到来的消息，传遍了小镇。

1997 年，来宁夏扶贫的习近平深入调研，启动一项根本性工程"移民吊庄"，让生活在"一方水土养活不了一方人"的西海固群众，搬迁到这里。他亲自命名"闽宁村"："闽宁村现在是个干沙滩，将来会是一个金沙滩。"

春去秋来，沧海桑田。昔日"天上不飞雀，地上不长草，风吹沙砾满地跑"的干沙滩，真的脱胎换骨成了金沙滩，闽宁村升级成闽宁镇，村民收入翻了 20 倍。

红瓦白墙，小楼鳞次栉比。习近平一行先是乘车绕着小镇转了一圈，看看新村新貌。永宁县委书记钱克孝回忆路上情形："他一路都在问老百姓的收入、上学、就医，问村里基础设施配套。他说'闽宁对口扶贫协作探索出了一条康庄大道，这个宝贵经验可以向全国推广，做一个示范，实现共同富裕'。这对我们来说是光荣的担子。"

原隆移民村是永宁县最大的生态移民村，安置了来自固原市的 14 个村组 10515 人。戴着 2000 度近视镜的万军红，家中老人年迈、爱人残疾。移民闽宁镇后，他在农业科技大棚务工，手头一下宽裕了。这天上午，他正专心侍弄蘑菇菌棒，一抬头，总书记进了菌棚！万军红激动万分。"我总是一遍遍想起当时场景，今后更要好好干，不辜负总书记嘱托。"

王泉对农业科技大棚如数家珍，他所在的青岛昌盛日电太阳能科技有限公司是支持当地产业扶贫的企业之一。村民缺技术、缺资金，依托企业学技术、找市场。总书记对他说："当地企业要在产业扶贫过程中发挥好推动作用，先富帮后富。"王泉深感责任重大。今年春节一过，150多个村民排队争相承包大棚，可粥少僧多。"这两天，我就定下了方案，'具备劳动能力的贫困户只要提出承包，我们就尽力支持'。不仅要让村民通过务工实现脱贫梦，还要让更多村民承包、入股，参与创业，实现致富梦。"

从农业科技大棚出来，习近平又来到党群服务中心。大学生村官李霞正在民生服务大厅忙活。她在微信朋友圈转发了总书记来村里的照片，收获几百条留言。"2013年考大学生村官的时候，报名的有2000多个学生。总书记很关心大学生村官的成长成才。"

来民生服务大厅办事的陈国学"听到欢呼声，一转头就在人群中看到了他"。"个头高，手厚实，我一激动就忘了撒手。"不撒手，让他成了村里名人，村民见到他都说美慕。

隔壁的卫生计生服务站，由镇上卫生院派来医生和护士，他们是村里不少老病号眼中的"宝"。总书记和几位病人攀谈起来。村民田成林移民前后，从家到医院的距离，5公里缩短到了300米。村民马保强有创伤性关节炎，过去买块膏药得翻座大山，现在走几分钟、花七八块钱就能来这做一次理疗。

村南区6组16排14号，习近平走进回族移民群众海国宝的家。院落敞亮、饭菜飘香，移民生活就从这间屋子说起，政府给每户移民分了54平方米住房，同时在一旁留出空地，让他们靠双手勤劳致富。海国宝说："现在4间屋100多平方米是我后来加盖的。我作为老党员代表乡亲们给总书记讲句心里话，'不能等、靠、要，我们好好干才能不辜负总书记的关心'。"

谢兴昌是第一批来到闽宁镇的搬迁户，"19日那天，我就坐在总书记对面。当年是他在闽宁村奠基仪式上的一封贺信给了我搬出山沟沟的决心。我到闽宁村附近农场掰了4个玉米棒子、4个高粱穗子，回西海固后到处宣传这儿的好。山区农民世代梦想着走出大山，盼着不缺粮、不缺水，现在终于梦想成真！""我越说越兴奋，告诉总书记'要说共产党的恩情三天三夜也说不完'。"

　　闽宁镇党委书记钱冬深切感受到两份真挚情感。一份情感是脱贫致富的百姓对"带路人"习近平的感恩，听闻总书记的到来，村民们纷至沓来，都想讲一讲自己的美日子；一份情感，是总书记在字里行间、举手投足时流露的真情，"他热爱这片黄土地，始终挂念着黄土地上的百姓"。

　　文章还记述了习总书记考察银川市金凤区新城清真寺、贺兰县宁浙创业园和银川市郊宁东能源化工基地的神华煤制油项目等内容，他的关于尊重宗教和"社会主义是干出来的"这些话，牢牢地烙在干部群众脑海之中。

　　宁夏的同志告诉我，习近平总书记能把东西部扶贫座谈会放在宁夏、放在银川召开，一个重要原因就是"闽宁对口扶贫协作"所彰显的有效成就和闽宁镇从无到有、到成为"江南小镇"的历史性变迁。"他对'闽宁对口扶贫协作'、对闽宁镇有感情……"宁夏人、闽宁镇的乡亲们一再这样对我说。

　　对人民群众和自己的国家与民族有感情，这是中国共产党人的本质体现。

　　那天在闽宁镇镇史馆参观时，当地干部群众指着墙上挂着的一段习近平总书记在 2016 年视察时所说的话，异常激动地跟我说道："我们深深感觉习总书记他自 1996 年出任福建与宁夏对口帮扶协作领导小组组长后，对我们宁夏、对闽宁镇（村）充满感情，并时时挂念，让人无比温暖……"

宁夏扶贫办对"闽宁镇经验"的解读有这样"四条"：

> 中国东西部扶贫协作的成功范例；
> 中国特色扶贫开发战略的有益探索；
> 中国共产党执政为民的创新呈现；
> 贡献给全球减贫治理的中国智慧。

应该说，这 4 条是非常有深度的理论表述，或者说它比较精确地概括了闽宁经验的要义。在一片荒漠的戈壁滩上，从习近平当年在这里"画了一个圈"之后所出现的"闽宁村"——"闽宁镇"的过程，就是一部中国扶贫、脱贫的伟大史诗，这一史诗是中国共产党在和平时期为全世界构建人类命运共同体所创造的经典杰作！

在人类历史上，"共产党"出现之前，没有哪个阶级和执政者声称自己是为这一目标而存在和奋斗的，只有共产党人出现之后，他们才宣布了这样的伟大使命——要让全世界所有人都能摆脱贫困，过上同样的幸福生活。

这就是共产主义。

中国共产党人成为中国这个苦难民族的执政者之后，经历几代人的努力，渐渐开始走向强大。特别是改革开放之后，国家和民族的飞速发展，让有奋斗精神和伟大情怀的新一代中国共产党领导人有了更高远的目标——在 2020 年消灭国家贫困，全面实现人民生活小康。然而，在那些自然条件极差、完全不具备"人类居住"条件的地方也要消灭贫困，让那里的人们过上小康生活，这早已被其他国家和民族认为是不可能的事。在中国这个发展中国家，有这种可能性吗？谁人能"啃下这块硬骨头"？

有谁？有谁敢在全国人民和全世界面前发誓言保证？

有。这个人就是我们的习近平总书记。2015 年，他代表新一代中国共产党领导，向全国人民和全世界承诺：用五年时间，2020年底在中国彻底消灭贫困，全面建成小康社会！

那个时候中国还有多少贫困人口？人数相当于整个欧洲的人口总数。

人口数量是一个方面。更重要的是这些贫困人口多数生活在自然条件差的偏远山区和戈壁荒滩，比如西海固等地方。这样的地方、这样的人群，能摆脱贫困吗？发达的欧洲国家早已声称"不可能"，即使在巴黎、伦敦这样的大都市，欧洲人早就认为

"贫困存在是天经地义"的事，无须再去耗费心力。在美洲，最强大的美国也早已声称没有力量"背负本洲的贫困负担"，他们认为自己国家内部的贫困本身将是"永恒的国家现实"。辽阔的非洲大地是全世界贫困程度最严重、贫困面积最广大的地方，没有哪个政府真正有能力去思考彻底改变非洲的全局性贫困问题。联合国成立快八十年了，讨论和研究贫困问题一直是重要议题，然而至今仍没有看到全球贫困现状的缓解，故而最终不得不一次次无奈地宣布它是一个"世界级难题"。这也意味着它已无多少能力去"破解"此题。

世界在"贫困"面前无计可施。

那么中国，一个世界上人口最多的国家，也是最大的发展中国家，难道就有让几千万贫困人口摆脱贫困的能力？世人以欣喜甚至怀疑的目光看着中华大地，也在聆听这样的声音：

"消除贫困是人类的共同使命"，我们要在 2020 年底基本消除贫困问题，"这在中华民族几千年历史发展上将是首次整体消除绝对贫困现象"。

谁人有这样的远大志向和情怀？世界在瞩目，人们在关切——而唯有我中国百姓欣慰，因为我们知道和熟悉他：

"四十多年来，我先后在中国县、市、省、中央工作，扶贫始终是我工作的一个重要内容，我花的精力最多。"

　　"让几千万农村贫困人口生活好起来，是我心中的牵挂。"

　　"多年来，我一直在跟扶贫打交道，其实我就是从贫困窝子里走出来的。"

　　是的，唯有这样情怀的人才能把解决人民的疾苦视为自己的神圣使命与责任，因此才有挑战和解决"世界难题"的担当和勇气。于是我们才会听到如此震撼山河的誓言，才会感受这暖至心肠的话语：

　　"只要还有一家一户乃至一个人没有解决基本生活问题，我们就不能安之若素。"

　　"贫困之冰，非一日之寒；破冰之功，非一春之暖。做好扶贫开发工作，尤其要拿出踏石留印、抓铁有痕的劲头，发扬钉钉子精神，锲而不舍、驰而不息抓下去。"

　　"消灭贫困、改善民生、实现共同富裕，是社会主义的本质要求。"

　　"脱贫攻坚越到最后时刻越要响鼓重锤。"

　　"不获全胜，决不收兵！"

　　这些都是今天我们在网络上可以搜索到的"'平语'近人"中的条文内容，于是我们也就理解了习近平总书记在视察闽宁镇时回忆他1997年第一次来后内心所受的那份"震撼"和他所下的那份"决心"了！

　　就像当年谢兴昌从大山深处第一次来到"闽宁村"开工典礼地听到习近平的"贺信"之后获得的那份幸运，当年的"闽宁村"人和现在的"闽宁镇"人，毫无疑问是幸运者。

　　并非谢兴昌一个人有这样的感受和体会，而是所有闽宁镇的人都这样说：他们是习近平总书记关爱下的"闽宁对口帮扶的最大受益者"和幸福者。

　　从宁夏采访回京没多久，我就专程到了福建采访。第一个接受采访的群体就是省农科院。在这里，我认识和了解了一批福建著名的农科专家，他们几乎无一例外地是"闽宁对口扶贫协作"的直接参与者，有的竟然称为"宁夏菇爷"——开始听成"宁夏姑爷"，后来才弄明白原来是宁夏人民所热爱的"蘑菇爷"。在习近平的直接领导下，福建省对口宁夏帮扶合作中，有一个非常具体而形象的"工程"，叫作"一棵树、一枝花、一株苗、一棵草"的"四个一工程"。这"四个一工程"对宁夏脱贫致富具有战略性意义，因为"草"可以改善土地沙化，有利于戈壁滩改造，有了草，气候变化，降水量自然会增加；种树对自然环境和荒丘荒山的改善更不用说；"苗"则是广大百姓赖以生存和发展的基础；而没有花，何处有艳？福建农科院的专家告诉我，他们最初到宁夏时，从南到北，基本上一种色调：冬天皆是黄；夏天有绿，偶尔也能见到花，但也仅一两种颜色的小碎花儿，绝不会见到那种艳丽盛开之花……

但是这次我到闽宁镇一看，那小镇上到处都盛开着各种艳丽的花儿，不说那个高大雄伟的"闽宁镇"牌坊四周簇拥了多少争艳的百花，就是到了普通百姓庭院，你也随处可见向日葵、牡丹花、玫瑰花、水仙花……还有许多我叫不上名的鲜花。

"我现在有个别名叫'宁夏花痴'。"花卉专家吴建设自诩道。他说闽宁镇和固原许多地方他都去过，"因为在那里对口援助特有成就感。"他说，"刚去的时候，无论是城区还是乡下，你在那里都看不到什么花色，后来我们把种花的技术带了过去，跟当地人一起研究在黄土、盐碱地上如何种花、栽花，慢慢地花儿种活了，盛开了……看到盛开的鲜花时的那份喜悦劲儿，就是暂时还没有穿好吃饱的人都会露出笑容。这个时候我们就有一种满足感，有一种更大的责任感与使命感……如此一年又一年地在当地种花栽花，如此一趟又一趟地往宁夏跑，连家里人都妒忌地说我真的成'宁夏花痴'了！"

"习近平总书记在福建当省委副书记时分管农业，先后来过我们农科院4次，要求我们对口宁夏帮扶也十分具体，明确要我们在'四个一工程'上为宁夏扶贫、脱贫做贡献。所以我们院也是省里最早参与对口援助宁夏的重点单位之一，派出了最优秀的专

家前往宁夏，包括闽宁镇的发展建设，可以说，只要宁夏方面召
唤，院里就会派出最优秀的专家和技术人员去支援……"余文权
副院长介绍说。

他的话让我想起了在闽宁镇采访时有人提到的一位叫"林占
熺"的"菇爷"。因为闽宁镇上现在非常普及的一种双孢蘑菇菌种
产业就是这位"菇爷"传播出来的。

"是的。林占熺先生是我省农林大学的著名菌草专家，有'世
界菌草技术之父'之称。"福建省扶贫办的同志兴奋地找了一份前
一年的报纸给我看，上面有这样一则新闻：

> 2018年11月14日，在对巴布亚新几内亚进行国事
> 访问前夕，习近平主席在巴新媒体发表的署名文章中提
> 到，"十八年前，我担任中国福建省省长期间，曾推动实
> 施福建省援助巴新东高地省菌草、旱稻种植技术示范项
> 目。我高兴地得知，这一项目持续运作至今，发挥了很好
> 的经济社会效益，成为中国同巴新关系发展的一段佳话。"
>
> 巴新是菌草技术开启援外之路走向世界的第一站。
> 菌草技术发明人、福建农林大学国家菌草技术研究中心
> 首席科学家林占熺说，1997年5月，应东高地省之邀，
> 他带领福建农林大学的专家团队在鲁法区建立了首个菌

草技术示范基地。

　　"团队克服各种困难，没日没夜做实验，到 1998 年 1 月 14 日重演示范成功，实现东高地省菌菇栽培'零'的突破。鲁法区为此举办了盛大的庆典活动，巴新总督、副总理和多位部长都来了。东高地省的土地上第一次升起中国的五星红旗、奏响中国国歌！作为中国人，我感到非常自豪。"林占熺回忆起这段奋斗历程，话语声中仍掩饰不住兴奋……

　　在福建的采访，让我有机会知道了林占熺这位被宁夏人亲昵地称为"大菇爷"的菌草大专家和许多有关"菌草人生"的传奇佳话。包括他在非洲巴布亚新几内亚的这一项目，后来林先生连自己的女儿也带过去一起为非洲人民做好事，而且一做就是二十余年。

　　我知道的是，也是在 1997 年这一年，巴布亚新几内亚东高地省的项目考察完刚刚回国，林占熺先生就接到省里指示：习近平副书记希望他到宁夏帮助那边的群众培训培育菌草技术，推广家庭致富的蘑菇种植。

　　"我这就去。"福建农林大学的同志告诉我，林占熺二话没说，背起行囊就往机场走。这一年林占熺已是年过半百、享誉世界的菌草大专家了，为了给刚刚建立的闽宁村贫困群众开辟第一个产业扶贫项目，他手把手地在蘑菇棚里教农民们种蘑菇。尤其是他在这里推广的"双孢蘑菇"，日后成了当地农民发家致富的一大支柱产业。所谓的"双孢蘑菇"是林占熺的一个"异想天开"的科研成果，即蘑菇与野草的结合而培育出的一种品质独特的食用菌蘑。

野草和菌蘑，本不相干。但在林占熺的眼里，它俩应该可以"合二为一"，成为"为我所食"的佳肴。在南方，大家知道种植蘑菇一般都用木头作蘑菇棒。可是在西北地区尤其是戈壁荒滩，或者在干旱的沙漠地区，没有树林，蘑菇如何种植呢？

野草就不可能替代？这个想法在林占熺脑海冒出来之后，他就没有一天停止过对这一问题的思考与钻研……后来他在海南、云南和四川等地考察，发现很多干旱地区有一种叫芒萁的野草生长得比较普遍与旺盛，于是他用这种芒萁草代替木头进行蘑菇种植，并获得成功。"野草＋蘑菇＝食用菌"的科研从此在我国诞生，并普及千家万户。1996年，在首届菌草技术国际研讨会上，林占熺正式将这种菌草的英文名确定为"Juncao"。当时有人担心外国人不明白此为何物，林占熺笑道："这不要紧，可以让他们来学习嘛！我就是想让全世界知道，这个科研是我们中国人发明的。"

树木与蘑菇、野草与蘑菇合成培育食用蘑菇，皆是林占熺先生的杰作，他因此成为名副其实的"菌草大王"。闽宁对口帮扶启动，熟悉林占熺的习近平自然首推这位菌草专家亲赴宁夏指导推广他的"权威技术"。

林占熺到宁夏，到当时的闽宁村后，面对一片荒芜的戈壁滩，他的眼睛被一<u>丛丛</u>骆驼刺和红柳苗所吸引……于是他又一次开始了"与野草为伍"的艰辛科研探索，结果在1998年就获得成功，且是出奇地成功。就这样，闽宁村第一个"闽宁对口扶贫协作"的产业项目——种蘑菇成为一大热门。"家家户户可以种"，"不出家门就致富"，"还有举手就可获得政府补助"……这么多好处，老百姓听得直接，看得清楚，立马踊跃参与。林占熺和他的助手们一时忙得不可开交，一天有时跑上十几户、几十家，吃饭、睡觉都被农民们抢来抢去的。这"菇爷"的美名，随即也就传遍"闽宁村（镇）"，传遍了宁夏大地……

"哎呀呀，开始我们就是不相信那么又黑又臭的一堆草料里能生长出啥东西来！后来福建'菇爷'耐心地给我们指导，你说怪吧！它草堆里竟然长出又白又嫩的一片蘑菇来了！上街一卖，比鸡蛋还贵哩！"闽宁镇人喜滋滋地告诉我当年种蘑菇的情形。

闽宁镇园艺村的蘑菇种植最出名，后来全镇都推广蘑菇产业。到十多年前的2007年，全镇共有蘑菇棚多达1000栋5000间，棚均收入4500元。许多贫困家庭仅通过种植蘑菇就获得脱贫。

现今在闽宁镇最出名的"闽宁蘑菇合作"项目——宁闽合发生态农业科技发展有限公司，是一座由福建农科专家指导下建立的现代化蘑菇栽培和推广基地。走进这里的生产车间，一朵朵白色的双孢菇破土而出，娇嫩新鲜，那些农民工正在忙着采摘新鲜的蘑菇。据该公司总经理何龙介绍，永宁县闽宁镇双孢蘑菇工厂化栽培项目是福建省漳州市台商投资区管理委员会与永宁县人民政府签订的合作项目。项目利用福建省漳州市双孢蘑菇的成功经验，引进荷兰最先进栽培技术，一年能够生产双孢蘑菇六季。"这一个项目，大约一年生产和销售蘑菇收入在 4000 余万元。"主人说这个数目时，脸上堆满了喜色。

现在闽宁镇有多少产业，镇领导可以给我掰出十个手指，比如葡萄、蘑菇、枸杞、小麦、玉米、畜牧、劳务输出、商贸，还有光伏、建材……"这么说吧，你们内地一般较发达的乡镇所有的产业，我们有；你们没有的，我们也有……这就是今天的闽宁镇。"我去采访那天，中午就在镇上的食堂吃便饭，跟一桌的干部们推心置腹了一番，末后他们颇为感慨道："说句实话，闽宁镇能有今天，全仰仗着习总书记的福啊！没有他，没有他二十多年来始终如一地关心关怀这里的建设和发展，就不可能有戈壁滩变成金沙滩的闽宁镇……所以，这里的百姓，没有一个不感恩闽宁对口扶贫协作、感恩习总书记的。"

他们说的是真心话。

如果没有 1997 年春天习近平的到来，今天闽宁镇所在的这片土地也许仍然是一片荒芜的戈壁滩；正是在习近平领导和亲自关怀下的"闽宁对口扶贫协作"，让这块沉睡千年的荒蛮原野，以雄狮般的苏醒之势，在短短的时间内，发生了翻天覆地的变化。

从最初的闽宁"吊庄移民"小村庄，到 2001 年发展为银川市永宁县所辖的新行政镇，仅四五年时间；从银川管辖区域中落后的闽宁行政小镇，发展成为著名的西北"江南小镇"，所花时间不足十五年……前后二十来年，跨越的是人类文明史上千年的历程，这难道不是一部壮丽的史诗吗？

今天，当我们这些外乡人第一次来到闽宁镇时，面对这片美丽如画、景似江南的土地，你无论如何也想象不出它在二十多年前竟会是一片戈壁荒滩！而你，也会惊奇地发现这里到处可见许多醒目而又亲切的"福建元素"：比如街头的"福建小吃"，商店的"福建特产"……甚至连这里的中小学也有些特别之处。

当我走进闽宁镇上的"闽宁中学"和"闽宁小学"这两个校园，不仅发现校园特别漂亮，校舍气派而崭新，同时也奇怪地看到许多楼房和建筑名字里都有"美"字，如中学校园内有几栋楼冠名为"志美楼""育美楼"，小学校园内的几栋楼干脆叫"角美亭""角美楼"……

"这是何意？"我不由问陪同我去采访的闽宁镇干部。

"噢，这两个学校都是由福建著名侨乡漳州角美镇出资共建的。"

原来如此。角美镇是华侨之乡，闽宁对口扶贫协作项目启动后，该镇发动海外的华侨和当地企业家积极参与，而闽宁镇的中小学校舍建设就是其资助项目之一。"漳州还每年抽调优秀老师到我们这儿支教，他们真的把人间的真善美带到了这里，所以现在你只要去问孩子们一声：知道校园里到处可以看到的'美'字代表什么吗？学生们就会告诉你：它是我们的福建亲人送来的深情厚谊……"

这个"美"意味深长，这个"美"宛如灿烂阳光，它已经根植和温暖在闽宁镇人的心窝窝里。

七年前的又一个春日里，宁夏来了位新任的自治区党委书记。他到宁夏后才一个多月，便来到了闽宁镇，过了四个月后他第二次来此。两次考察、调研，让这位新书记感慨万千，心潮澎湃地写下了如下文字：

> 2013 年 5 月，我在宁夏履新一个多月后，在到基层调研、熟悉情况时去了闽宁镇，这个镇的发展和群众的生活状况给我留下了深刻印象。9 月上旬，我再次到闽宁

镇专门蹲点调研，先后走访了两个村 10 多户群众，与他们同吃同住，到葡萄园参加劳动，到企业、学校了解情况，看望镇上的老党员。回来后，所见所闻不时在脑海浮现，群众的所思、所盼、所忧一直萦绕于怀。看到闽宁镇的巨大变化，看到绝大多数群众过上了富裕安康的日子，我感到很欣慰……

走进闽宁镇，感受最深的是这里的群众都怀揣梦想、充满期盼。蹲点头一天，我来到闽宁镇福宁村。这个村有 2516 户 1 万多人，是闽宁镇人口最多、发展最快的村。与村干部、村民聊了一上午，我基本搞清楚了闽宁镇的创业发展历史。二十世纪八十年代，这里是贺兰山东麓洪积扇上的一片戈壁滩，虽说距首府银川市仅百十里路，但自然环境却有天壤之别。开发之初，这里没有电，没有路，没有防护林带，没有像样的基础设施，种的地要靠自己动手开垦，可谓一张白纸。至今一些年纪大的移民回忆起创业之初的艰苦岁月，仍然感叹不已，过去的"烈日""风沙"和艰苦场景已深深烙在他们的记忆中。当时，他们住在没有水电的土坯房里，白天在地里劳作，夜里听大风怒号。这里位于贺兰山风口的下风向，是全国日照最强烈的地区之一，夏天炽热的太阳晒得人没处躲，冬天大风卷着沙尘刮得没完没了。面对严酷的自然环境，移民群众不屈不挠，顽强拼搏，整日在戈壁滩上修路架桥、挖沟挑渠、开荒整地。这里的土壤沙砾层厚，大大小小的沙砾占了一少半，连钢锹都插不下去，别说种庄稼了。开好一片地，得用筛子把沙砾一点点筛拣掉，留下的土壤才能耕种。闽宁镇4.3万亩耕地，就是这样一分分、一亩亩筛出来的。有时开好的耕地、挖好的沟渠一夜之间又被风沙埋掉，修好的路、安好的扬水泵站不时被山洪冲垮，盖好的房屋、砌好的院墙经常被暴雨冲塌，即将成熟的庄稼也经常被冰雹砸得七零八落。说起这些，年纪大的移民总是重复着同一句话："当时让人死的心都有。"但他们始终没有放弃怀揣的梦想，始终没有放弃过上美好生活的希望。沟渠让风沙埋了，他们再开挖；道路让洪水冲垮了，他们再整修；房屋被暴雨泡塌了，他们再翻盖；庄稼绝收了，他们再播种。凭着这股坚韧不拔的精神，闽宁镇的面貌一年年发生了变化。防护林带长起来了，肆虐的风沙被压下去了，果园良田多起来了，柏油路四通八达了，烈日也不再"追着人晒"了，再也感觉不到昔日戈壁滩的蛮荒了。镇党委、政府驻地也已发展成一个像模像样的小城镇了，道路宽阔，店铺林立，很难想象二十多年前这里还是一片不毛之地。

　　究竟是什么力量让这里的移民群众坚持了下来？在与移民群众的攀谈中，听不到什么豪言壮语，听到最多的话就是"这个地方只要能下苦，就能吃饱，就能过上好日子""这里离银川近，周围企业多，打工方便""农民嘛，不在地里下苦，难道吃沙子顶饱？"这些朴实的话，折射出的是一个求温饱、奔小康的梦想。正是这个在许多人看来有些微不足道的梦想，却支撑着他们在戈壁滩上创造了奇迹。对中国农民而言，有一套好的住房一直是他们的梦想。闽宁镇有的移民讲，二十多年来他们的住房换了4次。第一次是移民开荒时搭建的土坯房，第二次是解决温饱问题后建造的砖包房（土坯房外层包砖），第三次是生活改善后建造的砖房，第四次是近年一些先富起来的农民建造的楼房。今天，闽宁镇虽然还有少数土坯房、砖包房，但大部分都是砖房，发展水平较高的村多是楼房。按中国传统的说法，如果三十年算一代人的话，闽宁镇的创业者用了不到一代人的时间，干了过去几代人才能干成的事，他们就是凭着一股劲，一种不达目的不甘心、不罢休的精神，向着自己的梦想一步一步走近。

……

2016 年 7 月 19 日，习近平总书记来到闽宁镇移民谢兴昌家。当听谢兴昌介绍当年跟他一起到闽宁镇"吊庄移民"的 11 户贫困群众中，已经有 7 户买了小轿车，共产党的恩情三天三夜都说不完时，习近平总书记深情地说："在我们社会主义大家庭里，就是要让老百姓时时感受到党和政府的温暖。"

是啊，人民需要党和政府给予的温暖，只有这样的温暖，才能让人民真正感受到什么是社会主义和社会主义大家庭。有了这样的温暖，昔日戈壁荒滩，也能变成美丽似锦的金沙滩。

"傲娇牛"想告诉你一个传说

2020年6月11日我第二次去红寺堡时，这片大地上依然可以闻得出一股浓浓的喜气……因为就在两天前，习近平总书记刚刚来到这里，而当地人再次将我领到的就是当年的贫困移民刘克瑞家。

老刘（其实才四十七岁，不过已经幸福地当"爷爷"了！）现在的脸上满是笑容，见来人就不由自主地说着："我高兴得很！"他确实高兴，因为作为一名普普通通的刚刚脱贫的农民，能够见到习近平总书记，而且跟总书记握手、近距离交谈、坐在炕头聊家常，老刘是幸福的，更是幸运的。

"总书记太平易近人了，拉着我的手，问我家里的情况，到厨房揭揭锅盖、看看冰箱里的东西，坐在炕头问我现在生活过得怎样，我一一回答后，总书记非常高兴地笑了，说我们就是要过越来越好的生活。"刘克瑞最得意的是他家的"安格斯"牛太给力了，因为习总书记走进他家时，最先遇到的是牛棚里的3头"宝贝"——一头母牛，两头小崽，它们是老刘家的"小银行"。这一头母牛是老刘买来的，主要依靠政府和乡里、村里的扶贫配套政策的补贴，自己只花三千来元，而且这笔钱也可以到银行免息贷款，等于说这头万元"家当"无需老刘劳神，就"请"回了一个"财神爷"。母牛十分争气，成功怀胎，又成功生产。当第一头"宝宝"出世时，老刘高兴坏了："就像家里添了个女娃！"他有一个儿子，儿子已经成家，并且也有了两个娃儿。老刘四十七岁就当了爷爷，十分疼爱孙儿孙女。可老刘自己没有过女儿，这"安格斯"为他生了个"女娃"，他能不高兴嘛！

"从小我一直抚摸它，它特别通人性，乖得很……"老刘像待闺女似的疼爱这头小母牛崽。要知道，一头母牛崽出生，就好比两万块的收入到账，因为添一头"安格斯"牛，饲养上十个月左右，就可以1万元出栏。母牛更了不得：来年再生一头小牛崽，等于三年稳稳当当赚了2万元！老刘不高兴才怪！

"你给老刘家争气，我就给你好生饲养……"平日里老刘一有空就进栅给小母牛崽抚摸身体，那小母牛崽似乎懂得主人的心意，故也特别会撒娇和听话，只要主人一来，它就亲昵地昂起头，向你身子贴去，然后用鼻子蹭你的胳膊甚至脸颊。小母牛崽越长越俊，会撒娇的它也越来越讨人喜爱，它满身淡黄色的毛毛和粉红色的鼻子，又让它显得格外漂亮和可爱，所以老刘对自己的"闺女"更是疼爱有加。

"它只识尊贵的客人，而且只对我和尊贵的客人做亲昵动作哩！"老刘对小母牛崽的喜爱溢于言表。

这回谁也没有想到，最最尊贵的客人来了：6月9日，村里干部突然通知老刘，说有"领导"要到你家里看看。哪个"领导"嘛？村干部并没有告诉老刘到底是谁，老刘问了一下也没问出名堂，干部们告诉他："我们也不知道。"

"来了！来了——！"

几辆汽车突然在老刘家门口的马路上停下，然后车上下来一位高大的"领导"，微笑着朝他家走去……

"这、这不是习总书记吗？"老刘一看眼前这"领导"太眼熟了："跟电视里的习总书记一模一样！"事后老刘开心地跟众乡亲"吹"，"但更亲切！"有人非要让他说说真人跟电视里的有啥不一样时，老刘这么说道。

习总书记确实特别亲切地走上几步与迎上前的老刘握了手，随后跟着老刘往他家里走，这一走就到了老刘家的牛栅前……敞口的牛栅只有几根木杆拦着，不知是今天的客人太尊贵，还是小母牛崽有灵性，当习总书记健步走到牛栅前，那小母牛崽就从大母牛身边站起，然后轻步跑到栅前，将它那颗美丽的头颅伸到尊贵的客人面前。这是未经任何人为设置的情景，完全是老刘家的这位"特殊成员"的即兴之作，而它那昂首欲求亲昵的神情，让尊贵的客人停下脚步，随后伸出手，轻轻地抚摸了一下它的鼻子，那小母牛崽顿时傲娇地晃动起头颅，轻轻地蹭起尊贵客人的胳膊来……

这一场面太暖太有趣了！顿时，现场爆发一阵欢笑，气氛轻松而愉悦。当日，新华社摄影记者抓拍下老刘家的这头"傲娇牛"与总书记的亲昵情景，而后在媒体上刊出，于是老刘和他家的"傲娇牛"就成了网红。

"就是它！"时隔两天后，我来到老刘家，依然眉上挂喜的老刘首先将我引至他的"宝贝"面前，指着圈内的小母牛崽说。

小母牛崽确实惹人喜欢：身形苗条而结实，茸茸毛儿光滑轻柔，尤其是那红嫩嫩的鼻子，格外招人怜爱。"看看，它又知道尊贵的客人来了……"见我靠近栅圈，这小家伙竟然从母亲身边走开，昂着头颅直朝我而来，随后将鼻子伸过来，冲我迎过去的手掌亲昵地蹭动起来……

哈，它也太会撒娇了！可谓人见人爱。

"傲娇牛"出名了，老刘也跟着出名了。其实，"傲娇牛"和老刘能出名的底气是在于他们脚踩的那块土地——红寺堡。

　　这是一块传奇的土地。在宁夏的版图上，它既古老，又新生。

　　说其古老，是因为它位于宁夏中部，生成于宁夏怀抱之中，乃大地之腹，六盘山和贺兰山如同两侧巨壁，将其紧紧地裹在其中。千年枯干的风尘，使它渐渐变成了戈壁沙滩，甚至不见人烟千百年。直到春秋时期，有西戎部落出现时，方有游牧民出现在此。汉朝之后，此地是匈奴降民的驻地。西夏王朝时，兵家常在此混战。据考证，"红寺堡"的地名由来，就是因为在茫茫戈壁滩中央有一个屯兵时用过的"堡"。也有一种说法是，在这片戈壁滩中央有一座古刹，称为"弘佛寺"。"堡"，在古时又称兵站，所以古寺旁边就是兵站，漫长的岁月让曾经在此游牧过的兵民，渐渐在久远的记忆中留下了"红寺堡"这样的地名。明代以后，这荒凉异常的地方，便慢慢被民间固定下一块无人区叫作"红寺堡"。

　　上世纪三十年代，毛泽东领导的中国工农红军曾一度在这片土地上出现过，于是"红寺堡"又有了一份"红"的真切新意。但即使在宁夏成立自治区之后的很长一段时间里，这块古老而荒芜的土地上，并没有多少人烟，实在是因为它太干涸与贫瘠，夏日的地面温度能够达到四五十度以上，冬日又特别干冷，加之常年风沙不断，草木不生，再有能耐的牛羊都无法待在此，人更不用说。"红寺堡"渐渐地成为了宁夏人知之甚少、又动之更少的一块"被遗忘的土地"。

新中国成立之后红寺堡被纳入同心县版图。但虽为同一版图，却并没有真正"同心"，因为这方圆百里的无人区，没有人有能力去闯入，走进这片荒芜的戈壁滩地的结果，可能是无缘回头。

最近的半个多世纪里，有人真的进去了。不是别人，是解放军部队。一位曾任固原军分区司令员的老兵这样回忆：

映入眼帘的除几处军用砖砌平房外，满眼全是黄沙土丘，看不见一缕炊烟，确实是个"兔子不拉屎的地方"，难怪鲜为人知。作训参谋告诉我，这个地方1965年有部队进驻，用来作为炮兵靶场……

当晚深夜无眠，又翻阅《银南兵要地志》。西有烟筒山，东南有大罗山，北有牛首山，红寺堡位于三山之间的一个盆地……我想了又想，感到这里"场地大、扰民少、地形难找"，简直就是一块"绝地"，是炮兵靶场的最佳选地。

不毛之地，也算成了"用武之地"。

然而，随着我军现代化建设的不断进步与发展，旧兵器时代的枪炮已经被飞弹和信息战所取代，于是大炮靶场也渐失作用……红寺堡再度重回无人区。

　　可，荒凉并不能阻止人类前进的步伐，无人区也不能永远阻挡后人的闯入。1986 年全国范围内掀起的有计划、有组织、大规模的扶贫开发战鼓再次擂起，到 1992 年底，全国农村没有解决温饱的贫困人口由 1978 年的 2.5 亿人减少到 8000 万人。可是，像宁夏西海固等绝对贫困地区的贫困人口并没有在根本上得到改变，8000 万人口中，宁夏原有的贫困人口几乎尽在其中。1997 年国家启动的"八七"扶贫攻坚计划，把消灭这一人群的贫困问题，列入国家战略的议事日程，宁夏回族自治区的任务变得具体而紧迫。

　　自治区的第一个想法，便是如何让被联合国科教文组织判定为"不宜人类居住之地"的西海固地区的 100 万贫困人口，迅速脱贫变小康……

　　这是大手笔的战略，它基于宁夏贫困人口集中地的西海固地区。之所以绝对贫困，就是因为这里干旱缺水造成了人民生活的绝对贫困。于是为了解决水的问题和变抗干旱为主动的战略调整，自治区做出了这样一个大决策：有水走水路，无水走旱路，水旱不通另找出路，在有条件的地区通过兴建水利工程解决移民生产生活用水问题，干旱地区以梯田建设发展旱作农业，水旱不通地区则开展劳动力转移或移民搬迁。就在这时，时任全国政协主席的李瑞环同志来宁视察，望着西海固百姓们一双双渴望水的眼睛，他感慨万千，随即回京向中央政治局常委们提出了宁夏适宜"高扬水灌溉，成规模异地移民，再建一个黄河灌区"的建议。

于是，国家级专家聚焦宁夏，进行周密察看与调研，并与自治区党委、政府共同商讨，最终形成一个在宁夏扶贫脱贫史上堪称伟大构思的"1236"工程，即利用黄河两岸尚未开发的土地连片，扬黄河之水，建设200万亩灌区，将山区不具备生产生活条件的100万人口迁往灌区，投入30个亿，用6年时间建成，从根本上解决贫困问题。

"1236"工程在宁夏和中央各部门的通力协作下，于当年12月获得国家批准，从此这一民心工程、德政工程，也是当时中国最大的扶贫移民工程正式启动……

1996年5月11日，是红寺堡历史上值得记录的一天：扬黄灌溉工程奠基仪式在工程选定的红寺堡一泵站站址隆重举行。40支来自各个地方的工程方队接受中央领导的一声"开工"命令，向无人区和不毛之地挺进，开始了第一铲的战斗。随即，上百台推土机齐鸣，卷起的黄沙，犹如百条黄龙在亘古的荒原上奔腾起舞，气势磅礴，震撼山河。

引水工程，先得有水喝。有水方能把远方的黄河引上来。于是，工程用水和参与战斗的工程人员的饮水是第一个需要解决的问题……谁人领此重任？宁夏水利水电勘测设计研究院专家当仁不让：我们上！

1996 年 6 月 2 日，在柳泉的一个掘井现场，解放军水文地质工程团官兵与当地水文工程人员一起苦战近一个月后，于这一天拔管试水。"起钻——"随着军官一声令下，十几名官兵奋力操作吊具，只见井口突然涌出一股清泉，随后呼啸着冲出地面数丈高……

"出水啦——！"

"水甜啊——！"

那一刻的红寺堡可以用"前所未有的震撼"来形容现场的气氛、来形容十里八乡的欢呼雀跃……因为这是块曾被称为"上帝喝干水的大地，被地王爷抽干血浆的荒原"，而今第一次见如此巨龙奔腾——经测量，该井单日涌水量达 2000 多立方米，仅此一井，可供 10 万人饮用所需。

"甜！太甜了！"自治区领导和所有参与"1236"工程的战斗人员无一不这样感叹！

他们看着清泉，想着未来更大的黄河"巨龙"进入这片干渴的大地、荒凉的戈壁……

1997 年的春天，一群福建客人远道而来，其中就有宁夏人民现在都熟悉的身影——习近平同志。他和其他福建来的干部们一起，在自治区领导和工作人员的陪同下，从南到北，察看宁夏贫困山区人民的生活状况和当地社会发展情况。"扬黄灌溉工程"自然也是向客人们介绍的内容之一。在路经刚刚掀开战斗序幕的红寺堡荒原时，习近平默默地看着这片扬着黄沙的苍茫大地，目光凝重，思绪万千。在闽宁对口扶贫协作第二次联席会议之际，习近平约请在宁夏工作的 11 位闽商座谈时，希望他们把福建的先进理念和好项目带到宁夏每一块贫困的土地上，并动员更多福建企业家到宁夏找市场，搞开发，结成联合体，而随后的闽商向宁夏"全线出击"的烽火迅速形成。与此同时，闽宁对口扶贫协作联席会议上，也根据宁夏扶贫工作开展情况，包括红寺堡在内的 4 万名"生态移民"工作起步之后，如何能够让这些移民解决温饱问题，提出了具体的措施——福建专家帮助宁夏百姓种植菌草。

种菌草，如同山区移民从山区搬迁到黄沙漫舞的红寺堡一样，其历程艰难而充满挑战。然而，一种叫"幸福的希望"，总在前面映照着那些渴望摆脱贫困的人们。于是，这场"菌草造福"运动，成为闽宁对口扶贫协作二十四年漫长岁月中的"第一交响曲"，而且它的激昂旋律，至今仍然激荡着宁夏千千万万的百姓，并成为他们幸福生活的一部分……

福建省农科院教授林占熺就是从这个时候开始，以似火般的热情，带着他的团队，在宁夏大地点燃起菌草的燎原星火，他的这一把火也让刚刚从大山里搬出去的移民们在黄沙飞舞之中看到了幸福的云彩。

"我们这儿的移民搬迁是 1998 年开始的。那时候红寺堡还叫'开发区'，还不是独立的行政区划。可是移民工作却与这片荒凉土地的开发建设是同步的，而且起步时的运作方式也很特别：第一批移民点在现在的大河乡，7 个贫困县各在这一地方建 7 个村。因为荒凉，因为寒冷，最初几年里，移民来的百姓，春天过来，冬天又回到原来的家。新家无法久留——太冷，又缺水，一切基础设施尚未建起，黄沙养不住人，人抵不住黄沙……"一位如今在盐池任领导的"老红寺堡人"这样向我描述最初的移民景况。

他说他是从同心过来的，当时任红寺堡开发区社会事业局负责人，"事业发展局"下设 4 个部门，教育、交通、经济发展局等都包含在内。"其实我们总共才 4 个人，等于一个人管十来个对口局，但那时我们的创业精神至今令我想起就会激动，那是真正的激情燃烧的岁月……"

每一个红寺堡创业者回忆起初创阶段的红寺堡时，都会泪眼红红——

"勘察队员们必须按时完成任务，因为后面的建设大军正在赶着我们，所以每天的工作都得往前赶。红寺堡的名字很美，可踩在那块大地上，你才会知道它其实可以让一个意志坚强的人垮塌灵魂，可以让一头强壮的大象最终瘫地不起……没有一处可以避风躲沙的地方，更不用说有房住宿。晚上只能将毯子往沙地上一铺，上面盖条被子，算是唯一也是最好的选择了。早上起来一瞅，大伙笑了，因为每个人都半身淹在沙中。吃饭是个困难，煮不熟是一回事，能盛在碗里咽下去又是一回事，风沙太多太大，稍不注意，进碗里的沙比饭本身还要多。但我们没有一个人后退，每天的工作还在继续，还在创造新的纪录……"这是勘测队员的日记。

"那时的红崖基地方圆几十里没有人烟，完全是一片荒芜。那个时候风一刮就是一整天，狂风所到之处，新建的平房顶上的瓦片哗哗地被掀掉一大片。有一次，大风一夜未停，第二天我起床一看，满屋满床全是沙子和泥土，走出房间，同事们个个灰头土脸，大家相互笑着，不知谁喊了一声：'咱们像不像出土文物？'于是'出土文物'成了我们的代名词。偶尔回家到银川坐公共汽车，有朋友见了，也会惊讶地喊我们一声：'你咋变成了出土文物？'瞧，我们真的成了出土的稀有动物了！"这是自治区政府直属机关的一位干部调到"红寺堡开发区指挥部"工作不到三个月后写下的日记。

"受条件所限，指挥部工作人员一天连个洗澡的地方都没有。刚开始还能闻到自己身上不堪入鼻的汗臭味，久而久之，反而什么也闻不出了！胳膊上一搓就是一把小泥球，真正成了一个泥人、土人。指挥部像我这样的女同志还不少，为了工作姐妹们不得不奔走在烈日狂风之中，嘴唇裂得全是口子，脸晒得红肿透黑，疼痛难忍。无奈之下，我们想出一个好办法，将带来的丝巾全部蒙裹在头上，这也成为了基地上一道亮丽的风景……我们为此很骄傲！"这是一位女开发者的日记。

这样的"日记"很多，它是红寺堡扶贫移民谱下的最初底色。但它还不是这片特殊的热土的扶贫主色。何为红寺堡的扶贫移民主色？是火！是比火更燃烧的烈焰！是比烈焰更猛烈的燎原之火！

是的，红寺堡的扶贫史本身就是中国扶贫脱贫攻坚战中一部最具魅力的史诗。尽管今天 20 余万贫困百姓背井离乡、奋然离开故土的事也许其他地方也有类似，但红寺堡的移民与扶贫毫无疑问是最为壮丽和壮烈的。所以我想借用曾经采访过的几位西吉、同心和泾源移民的回忆来弥补一下无法复制的岁月往事：

镜头之一

顺着盘旋曲折的县乡公路，从宁夏固原县（后为原州区）开城镇一路西行至张易乡、彭堡乡。一路上随处可见密密麻麻的羊肠小道在不知名的小山丘上蜿蜒。

农历三月初，张易乡大店村。村民王世杰兄弟三人，他和哥哥王世凯是首批搬迁去红寺堡的移民。两家拖家带口十余人，所有的家当都装在两个蹦蹦车上。村头用来打碾粮食的大场上，汇聚了前来送行的乡邻们，和王世杰一样整装待发的还有其他七八家搬迁户。"东西都装上了吗？""把路上的干粮和水都带上""把车检查一下，跑长路，安全要紧"，大场上送别的声音此起彼伏，有些将要远行的女人已经开始低声抽泣。

看着场子里依依惜别的人们，看来这送别还需要持续一段时间，妻子的哭声让王世杰有些心酸。"我想去坟上一趟，"王世杰低声对还将暂时留守在村子里的弟弟王世明说。他的提议得到了兄弟和哥哥的默许。在父亲的坟头上，兄弟三人齐刷刷地跪下，王世杰一开口就已经哽咽了："大（西海固部分地区子女对父亲的称呼），我们就要走了，再来看你一眼，这路途遥远，以后就不能经常回来了。"一旁的弟弟轻声安慰他："你放心走，家里还有我呢。"听了弟弟的话，王世杰已经泪流满面："我们过去要安顿下来，还需要一段时间，清明节你多给老人烧点纸，就算是替我们多尽点孝。"此后便是长久的沉默，坐在坟头上，兄弟三人抽了半包烟，方才起身离去。

大场上即将出发的人们从最初的喧闹，逐渐变得沉寂，到最后很少有人再说话。故土难离，作为向红寺堡搬迁的首批移民，人们身上带着一种"风萧萧兮易水寒，壮士一去兮不复还"的悲壮。毕竟，他们将要迁去的地方，还是块荒地，前途一片渺茫。

　　搬迁的车队十点钟正式出发。王世杰的妻子和女儿坐在车中的行李上，女儿年纪尚小，但已多少懂得这离别的含义。"大，我们走了还回来吗？"王世杰没有回头，他害怕女儿看到他脸上肆意流淌的泪水："会回来的，咱们以前的家就在这儿，你爷爷奶奶也睡在这里，咱们以后会常回来看看他们的……"

镜头之二

　　西吉县白崖乡库切沟村。搬迁移民马尤素在临行前进屋里向父母告别。父母年迈，身体都不太好，母亲眼睛已经看不见了，他原想带着他们一起走，可已经在这里生活了一辈子的父母，怎么劝说都不愿意离开，好在还有一个没有搬迁的哥哥可以照顾他们。马尤素不知道怎样向父母开口，炕上的母亲紧紧地搂着马尤素的儿子，一面哭一面向孙子的衣兜里装一些糖果。父亲经常在寺里念经，是个豁达的穆斯林老人，看着儿子欲言又止的样子，老人说："赶紧走吧，不要挂念家里。走了也好，你看这天干火着的，日子苦焦的也没有啥盼头，牲口都没有水喝，人咋活呢？到那边了有水、有平地，路也好走，好好过几年苦日子就啥都有了。赶快走，赶快走……"

临走时，马尤素久久地回顾这个他生活了三十余年的村庄，心里面五味杂陈。岳父岳母就住在离他不远的另外一个村庄里，他们也赶过来送行。岳母做了一些干粮交到他手里："娃娃，路上不好走，你叫师傅开慢些，饿了就缓一缓，吃点东西再走。"在他身旁的妻子早已泣不成声，马尤素也忍不住落泪了。后来他回忆起当初走的时候的情景，感慨地说："我从小到大就生活在那个地方，虽说条件不好，难养活人，可就是舍不得走，那时候就想痛痛快快地哭一场，哭过了，心里反而觉得会敞亮一些。"

镜头之三

泾源县移民禹万喜，也是第一批搬迁的移民。这个三十多岁的回族汉子，在乡邻们眼里是个"不安分"的人，养过羊，也贩运过粮食，但因为道路交通条件差，做生意成本太高，总是赚不上钱。红寺堡移民开发，他积极争取名额，想提前搬过去。他的决定不被父母所理解，为此还闹过别扭。尽管不乐意儿子走那么远，但在临走的时候父亲还是过来送行了。在村口，父亲从一棵柳树上折下一根柳条交给他："娃娃，俗话说，一搬三年穷，你搬到那个地方去，到底能不能过好都很难说。我听说红寺堡那个地方是个大沙滩，连树都没有，你去了就把这柳树梢子栽上，树活了，人就能活下去，如果树活不了，你就回来……"带着父亲的嘱托，禹万喜抹了抹脸上的泪水，迈开步子，转身向那个叫"红寺堡"的方向走去……

（引自《见证》）

往事如烟亦非仅有泪。人的泪总在甘苦间孕育与流淌，即使是苦泪，倾出之后仍是一种宣泄；甘的泪是幸福，幸福的泪水也常让人勾起对过往岁月的怀念。这就是人。

人渴望幸福，也铭记着幸福为何而来。今天的红寺堡百姓，谈起自己的脱贫与致富的事儿，每个人都能滔滔不绝一番，实在是因为这片土地给予了他们太多可供回味的过往，这过往的甜美回味中，就有"闽宁对口扶贫协作"的甘泉……

"傲娇牛"的主人老刘就是其中每每回味都会笑出声的一个。他是 2012 年最后一批搬迁到红寺堡来的移民，他跟第一批落户此地的贫困户相比，少吃了许多苦，因为他这一年移民遇上了一个特殊的机遇：闽宁对口扶贫协作中，在红寺堡正式成为吴忠市一个区级（县）行政区属后，它第一次被列入"对口"帮扶"县"（区）。所以种玉米、养牛，进而脱贫和致富，是老刘家所走过的路。

那天到老刘家，坐在他和习近平总书记一起坐过的炕沿上，聊着他一家的幸福生活，老刘满脸都是笑。他说他赶上了好时光，在老家原州时，两个孩子上学后家里的负担开始加重，政府问他愿不愿到红寺堡，并且告诉他，那边种地有补贴，养牛也有补贴，还有闽宁对口扶贫协作办的"扶贫车间"就在家门口，有空可以进厂子里打工赚工资。"这样的好事我不过来不成傻子了？"老刘就这样带着全家往红寺堡跑，一看落脚地他的嘴咧着笑了：新房子已经给他建成，自来水也通着，院子比以前老家的还要大些，关键距家十来分钟就可以进厂打工赚工资……

"孩子读书还有福建对口帮扶单位的补贴。"老刘觉得搬到红寺堡后，全家的生活就像掉进了蜜罐子里。

"知道我天天跟牛崽儿聊些啥吗？"老刘打趣地告诉我，他的那头爱跟尊贵的客人撒娇的牛崽出生后，见了他就喜欢蹭他，与他亲昵。老刘说日久天长，他跟这位"闺女"的感情也非同寻常，一有空，他就蹲在牛栅里一边抚摸它，一边跟它聊：你看我们的红寺堡多漂亮，绿树这么多，青玉米秆这么甜，为啥呀？是因为这里的水多了，过去一年下不了 200 毫米雨，却要被老天蒸发掉2000 毫米，你说这黄土飞不飞沙？那飞沙飞起来，咱人走不了，你也没法走……后来大工程扬黄之水到了这儿，就把黄沙整没了，变成了肥沃土壤，可以种上树、种上花，种上你爱吃的青玉米秆和鲜嫩草了，还可以喝上清清水……

"傲娇牛"后来似乎能够听懂主人的话了，便"哞哞"地一边叫着，一边又更加亲昵地蹭老刘。感情就是这样建立起来的，他和它从此成为谁也离不开谁、谁都每天惦记着谁的角儿。但他和它聊得最多的却是红寺堡日新月异的变化，包括老刘家自己生活的节节高，这才是主题。

"哞哞""哞哞"……"傲娇牛"又在欢声地叫了，这回它是冲着即将离开老刘家的我。

老刘对我说："它想告诉你：红寺堡和闽宁对口扶贫协作的好事，还没有说完呢！"

哈哈……老刘家的牛崽儿真的神了。脱贫致富的老刘更神了。他和它告诉了我一个宁夏扶贫、脱贫的传奇，其实老刘和牛崽本身就是一个传奇。

自然，红寺堡的传奇更在吸引着我……

让心弦颤动的数字

　　总有人说数字是枯燥的。可有些数字对宁夏和宁夏贫困山区的人来说，它可能就是泪滴和汗珠子，或许还是隐藏在内心的那股苦涩和苦难的血流……

　　当然，若干年后，特别是扶贫、脱贫攻坚战之后的今天，数字又成为宁夏百姓和贫困山区人民拿出来显耀的最宝贵之物，因为它能直接说明一切，包括幸福与心情，皆在数字间跳动着温暖与激动的频率。

　　数字其实就是嵌在每个人心间的音符，它伴随着数字的高低，奏响着人的优与劣、痛苦与欢乐、幸福与悲怆……

　　数字就是魔，让你沉沦与兴奋，让你激进与舒缓。

　　数字对红寺堡人来说，是昨天和今天的历史书——

　　"299米"这一数字对红寺堡的意义是开天辟地重振山河的：

因为这个数字是黄河扬水工程的总高度。它也是决定了红寺堡能有今天的关键所在。因为黄河之水通过数组扬程，才使干涸的黄沙漫卷的不毛之地，获得了重生。

扬黄工程包括了两个方面：水源工程和扬水工程。

引入红寺堡的扬水水源是由一个扬水水源和一个自流水源组成。扬水水源是在中宁泉眼山黄河岸边建一座每秒流量 30 立方米的泵站，扬水入扩整后的 19.4 千米高干渠。自流水源从黄河中卫申滩自流增加引水每秒 8 立方米，通过扩整后的 28.4 千米的牙星渠，再流入扩整后的高干渠，两个水源合流成每秒 38 立方米流量，向高干渠供水，并流入目的地。

红寺堡扬水工程从扩整后的高干渠 19.4 千米处取水，引水流量每秒 25 立方米，经 104 千米干渠和 84 千米支渠输水至全境灌区，共布置主泵站 8 级，支泵站 3 片 9 级。灌区最大扬水高度为 299.1 米，每年引水量为 3.04 亿立方米，亩均用水量 405 立方米。扬水工程运行成本每立方米 0.181 元。

扬水工程，于 1996 年至 1998 年，建成一至四泵站，并获得一级试水成功。1998 年 9 月 16 日这个日子也在红寺堡人的心目中被铭刻成丰碑一般的日子。在红寺堡一说到"9·16"这 3 个数字，连几岁的小孩都知道说的啥，甚至这里有人把它视为红寺堡的"诞生日"。"因为这个日子对红寺堡太重要了！"一个老红寺堡创业者对我说，虽然当时勘察队员在柳泉那里打了口深井，出了高产水量，但那水是咸的，时间一长就没法饮用。于是红寺堡的建设和移民工程就只能等扬水工程的黄河水了。经过一年多艰苦卓绝的战斗，1998 年 9 月 16 日，扬水工程的一泵站落成并举行了隆重的试水仪式，自治区领导一按动机房控制的电钮，顿时几十组巨型水泵轰鸣起来，整个大地仿佛在颤抖，人们的心也在剧烈颤抖……就在这时，只见几根巨大的出水管口传来"嗡嗡"作响的呼吸声，那声音宛如一个巨人在酣梦，并且喘着粗气、打着哈欠，欲把整个世界吞咽下去。瞬间，一股巨大的水流伴随着轰隆作响的沙尘，从管口喷涌而出，并形成两米多高的水柱，然后冲向主渠之中……

"那水流，简直就像万马奔腾、山洪暴发，直向千年的荒原泻去……"红寺堡人一说起当年的试水情景，脸都会变得绯红起来。它，实在让人太激动了！

"当时看着水流灌过干涸的黄土，又迅速泛起银色的水波，然后又漫无边际地向更广阔的黄土淹漫过去，我的眼泪就跟着水波与水流一起奔涌，不知咋的，后来发现脸上尽是泪水……"一位移民这样说。

"共产党亲，黄河水甜！"不知是谁在试水现场一边喝着水，一边泪水横流着嘀咕起来。于是现场的干部和群众，自发地从内心涌出了同一句话："共产党亲，黄河水甜！"

共产党亲，黄河水甜。这是如今在红寺堡大地上乃至整个宁夏自治区听得最多、也是最深情的一句话，它说出了这个多民族地区、这个曾经苦难和极度贫困的地区人民的一个共同的心声。是的，不喝到黄河甘甜的水，干渴的人怎知道他人之亲！而没有共产党的亲切关怀，他们又怎能喝得到甘甜的黄河水呢？

都知道黄河水其实并不清凉与干净，而科学家在设计时就想到了这一点，于是"扬水工程"中所采用的是侧向进水，泥沙与淤积问题迎刃而解，清清的甜水就这样流到了红寺堡的大地上……

甜水顺着设计好的渠道，顺着移民们期盼的心径之路，急切而有情地流向千家万户，这一流又让移民们兴奋和激动，因为流进他们的耕地和厨房的水，价格是每立方米 0.135 元。细心的读者一定注意到了：扬黄的水每立方米的成本是 0.181 元，现在政府以每立方米少近 0.05 元的价格给百姓，就是说国家每吨补贴给百姓近 5 分钱。别看这 5 分钱不多，一个家庭、一户耕田的农户，人畜和浇地所需的水量可就不是小数了！

同心县一位政府领导曾经给我讲过一件事：在 1992 年、1993 年，宁夏再遇大旱，百姓喝水要靠解放军用军车运送。"大家还要排队才能买到一桶水。那时一桶水要卖到 18 元……"

一桶水 18 元与一吨水 0.135 元之间是一个怎样的价差？这样

的数字对贫困的百姓而言，意味的又是什么呢？

"一个字：甜！"红寺堡的人这样说。

扬水受益的第一年，7 县移民工作便同步进行。万名以西海固地区为主的几个极度贫困县的百姓首先向红寺堡进发……最先进入红寺堡的是西吉县的百姓，然后是泾源、隆德、同心等地一起争先恐后地行动。

在这过程中，闽宁对口帮扶的干部们调集人力财力，优先帮助搬迁到红寺堡的贫困户安排选点落户，配合红寺堡开发区管委会建起了第一批移民新房和第一片垦荒种植玉米地，并随后派出农科技术人员进入红寺堡建设前所未有的蘑菇房……

整体安置贫困移民的伟大工程，在集多种力量、多种形式、多种渠道的合力下，轰轰烈烈、气壮山河地拉开了战幕——这是宁夏扶贫、脱贫战役中最值得记录的一幕，因为它仍然与数字有关：最短的时间内，移民最多；在一片荒凉的黄沙飞舞的戈壁滩和干旱的无人区内，开垦和浇灌了数十万亩良田；1999 年扬水工程建成之后的第一年，数万贫困山区来的百姓第一次用到了清清的黄河水，见到了有生以来最丰收的年份。海原县深山沟里来的回族贫困农民何新海说，他一家 5 口人搬到红寺堡落户后，住了 3 间新房，分得了 10 亩水浇地，生来第一次种小麦，每亩打了 200 多公斤，"有一个夜晚，我笑醒了 3 回！"何新海只是千万个新移民中的一个，而他说的一串数字，包含着红寺堡这片土地上所发生的一场波澜壮阔而又深刻的变迁——

100万移民。200万亩新灌区。30亿投资。6年完工。

"1236！"

宁夏加油！

扶贫、脱贫！

这一连串数字，犹如宁夏人民在中国共产党的领导下，迈步在摆脱贫困、奔向小康征程上的铿锵步履，其声其威，在六盘山和贺兰山之间的广袤大地上长久地激荡着、回荡着……

需要补充一句的是：因为国家对红寺堡的发展一直是依据着"数字"的科学性在布局，所以即使到了现在，红寺堡的移民一直控制在20多万，因为扬黄的水量是有限的，故而如今的红寺堡尽管有足够的发展空间，但为了保证这块土地上的人畜牧和生产用水充足，移民的规模一直被控制在现有基础上。我曾经在看到欣欣向荣的新红寺堡现况时问过这里的领导，现在这里也有不少前来就业的打工者、生意人吧，他们的人数急剧增加后是否也会对红寺堡用水量产生影响？或者说，红寺堡的经济快速发展了，企业多了，工业用水自然也会多了，那么如何控制水量超限呢？

他们笑了，说：上天帮助呀！过去这里年降雨量不足200毫米，如今一场雨下来就可能超过这个数了！

对呀，我想起第一次去固原途经同心和红寺堡时，下了整整一天的暴雨，据说那一天降雨量达到 180 毫米。

古老的大地变得生机勃勃，上苍也跟着巨变——这就是今天的红寺堡。

家园是汗珠和心血垒成的

红寺堡境内只有一座山，叫罗山，它像女人高耸的胸脯一样，让这片荒芜的大地，似乎多了一份诱人魅力。于是千百年来，红寺堡虽"野得出奇"，却总有人对它牵挂，并想法接近它。但仅有奢望的人最后总是以失败而告终，罗山依然像个永远嫁不出去的少女一般，寂寞且孤独地躺在原地，丝毫不想展示它应有的妩媚，故而红寺堡也便一直以来没有成为人与动物的家园，荒凉是它唯一的本色。

"9·16"的一声震天巨响，奔涌的清流灌向红寺堡的大地时，罗山突然从长梦中惊醒，侧身看去，顿时满眼泪水：我要活了！世人该知道我有多美了……

踏进无人区的人，后来当然也上了罗山，于是罗山的真面目得以展露于天下，它美得让人流连忘返。

闽宁对口扶贫协作中一名在西吉的挂职干部告诉我，他第一次带一群移民到红寺堡落户时，有一家百姓带了5个孩子，他们一到红寺堡后，发现这是一片平平的黄沙之地，举目远眺，不见以往在西吉身前身后皆是山的景象，十分不习惯，甚至对平川之地很是害怕。"大风来了咋办？"那家的男孩问爹。"下雨把房子漏塌了又咋办？"女孩问娘。可不！娃儿的爹心想：这辛辛苦苦拉扯大的小兔崽子们给大风刮走了，以后谁来耕地牵牛？女娃的娘想：下雨真的把房子漏塌了，咱女人不显丑了嘛！回吧！回老家的山里去吧！这一家人就这么偷偷地又搬回了老家。"后来我们又三番五次地跑到这户农民家，花了好大功夫才动员他们回到了红寺堡……"

"不把家园建设好，何来脱贫致富可言？"闽宁对口扶贫协作的挂职干部说。

荒滩上建家园，先要让土地熟起来，这是农民心坎上所说的话、所想的事。黄沙土地想熟起来，可不是件省心省力的事儿。

姚建国是红寺堡首任工委书记、管委会主任，当年为了给移民们建家园，他和管委会的班子们耗尽了全部心血和精力。"最早组织上派我来红寺堡当工委的'班长'，从中宁调来的是田治国，从同心调来的是马凯，我们3人带着十几个干部，在双井子借了工程总指挥部的几间平房，摆上几张桌子，安上几张床，支了一口三鼎锅，就这么干了起来……"老姚说，前三年，来红寺堡报到的干部走了一半多，为啥？因为多数干部没见过红寺堡竟然会有那么大的风沙，恐惧啊！"我记得清清楚楚，1998年12月8日那天，那狂风真的像条黄龙在我们头顶上转悠了老半天，吓得大家都不敢出屋子。我下午要到银川开会，不能不出门。刚出办公室大约三四百米，突然一阵狂风刮来，我怎么也站不住，'哐当'一下被掀到了一个土坎里，脑袋上一下隆起一个大包，疼得我直叫，眼泪跟着哗哗地流了出来……当时我心想：活了这大半辈子，年过半百了，竟然还会受这罪！但睁眼看看正在建设中的一幢幢移民新房时，我就没了脾气，因为成千上万的贫困百姓正等着搬家落户呢！没有家园，他们咋来红寺堡落户嘛！所以我想自己必须站起来，站起来抹干眼泪，继续往前走……"

"宁可苦自己，绝不误移民！"这是姚建国当年咬着牙从土坎里站起来、迎着大风喊的一句话，后来成为全体红寺堡建设者们常说的一句豪言壮语。

干部和建设者们如此情怀，让新来的移民们感动至极。他们也开始了自力更生、艰苦创业，并且喊出了同样气壮山河的口号："一年搬迁，两年定居，三年解决温饱，五年脱贫致富。"

这个目标跟六盘山一样牢固立下。既然咱是西海固、六盘山来的人，说话就得跟大山一样硬棒算数，说干就干，而且要在黄沙滩上建"美丽家园"。吃惯了苦的广大移民们才不怕苦哩，他们的心被先于他们来到红寺堡的干部和建设大军们感化了，所以"既来之、则安之"的决心已下定，剩下的就是跟天斗、跟地斗，一直斗到黄土老天投降为止。第一批移民的大河乡大河村农民涂志福说："娘生我出来就起了个'志福'的名字，咱这一代再不幸福就对不起八辈祖宗了。我第一个报名到红寺堡来，但还真没想到这儿的土质跟老家那里完全不一样，老家的黄土和黑土，要是有了雨水，还真能长出好庄稼。红寺堡这儿不行，尽是沙土地，水灌进去转眼就渗完了，像个无底洞。有的却是坚硬得出白浆，用洋镐刨一个篮球大的坑，你得流半小时的汗水。倒半桶的水进去，过上两三个小时再一看，七八成还在上面晃动着……"这就是移民们面对的最初的家园状况。涂志福和妻子俩人，头一回种70棵白杨树，整整用了十天时间。妻子的双手虎口都震出了血，眼泪汪汪地问丈夫："这个家能安得下来吗？"涂志福帮妻子擦着眼泪，说："既然带你和孩子到了这个地方，我就没有想过再回西海固。如果我们哪一天要死了，我也想死在花丛和麦香的土地上……"

　　涂志福下定这样的决心，硬是在黄沙土上植下一棵棵白杨，后来又在浇灌的土地上种下一垄垄玉米，再后来又在土地上种下了一片片黄花菜，再再后来他又养牛养羊，并且在宅前宅后种满了鲜花，一直到把自己的家变得像个美丽花园。这回他拉着妻子的手说："现在我就不想早早地死了，想跟你活到一百岁，想享受够在红寺堡的美丽幸福生活！"

当然，这要感激红寺堡工委和管委会在遏制风沙、恢复植被方面所下的大力。从一开始，红寺堡决策者和建设者就给自己立下了一个"铁规"：建生态绿区，并且要朝着"荒山林草间作、灌区林网交错、城区园林点缀、庭院花果飘香"目标设置。

1999 年下半年，红寺堡建设和移民安置到了最困难和最关键的时刻，既不能往后退，又没法向前走……然而建设者和移民们获得了巨大的精神支持与理念更新：闽宁对口扶贫协作中有一批福建来的挂职干部一直帮扶着各县搬迁到红寺堡的移民安家落户，他们看到当地贫困户百姓许多人不会耕种土地、不会使用灌溉旱田，便亲自上地头田间，同移民们跟种帮灌，提高粮食产量，起到了积极作用，有力调动了移民们安家落户、建设美好家园的信心。

辛勤总能换来收获的喜悦。也是在这一年的一个秋日，国务院总理朱镕基一行来到红寺堡，在视察大河乡 4 村时，朱总理问移民马喜元："和老家相比，这里的土地比老家的土地能多打多少粮食？"

马喜元回答道："老家是旱地、山地，风调雨顺年一亩最多打四百来斤，红寺堡这里才开始种，今年头一年一亩我打了一千多斤。"

朱镕基笑了："这个差距很大嘛！"又问另一群移民："你们喜欢这个地方吗？"

移民们齐声回答："喜欢！"

总理看了看另一户百姓的房子，然后问："盖这房子要花多少钱？"

"好几千呢！"百姓回答道。

"借来的钱？"

"政府给了一部分，自己的亲戚朋友帮一部分……但我不担心，等年底和明年把种的土豆卖掉后就可以还清了！虽然现在苦一些，但前途光明！"

总理大喜，伸出拇指，称赞道："说得好！大家的前途是光明的！"

红寺堡的前途确实光明。

红寺堡的前途必须光明，因为它是宁夏乃至中国扶贫、脱贫的主战场和具有代表意义的决战场。这里的扶贫移民能否在这片荒凉的土地上安居扎根，决定着宁夏"1236"工程的根本，毫无疑问也给闽宁对口扶贫协作提出了一个全新的课题。

20 余万从山区和特别贫困地区搬迁来的移民，今天过得如何，这是我十分期待看到的。2019年第一次来宁夏时，我就对这个"红寺堡"上所发生的事情格外有兴致——

记得7月23日这一天，骄阳异常热烈，而这个季节恰是宁夏一大特产——黄花菜的收获季节。想起漫山遍野黄花菜的景色，就会让人如痴如醉……于是我提出去看看种黄花菜的农民们。

柳泉乡，当年扬黄工程之初，第一口井出水之地。接待我的是年轻的美女乡长郑惠玲，她高兴地领我到一处晒黄花菜的场上远眺她的"领地"——远处是起伏连绵的罗山，中间是郁郁葱葱的万亩葡萄地，近处和眼前便是黄花菜地和黄花菜晒场……

"真美！"如此层叠多姿的大地还是第一次见，不由让人感叹。

女乡长开怀大笑道："我们柳泉乡啥都占了：美的花，美的酒，美的水，美的生活……"

"还有美的人！"

"哈哈……"女乡长乐得前俯后仰，道："作家就是会说。"

其实我说的是心里话。眼前的女乡长固然美，更重要的是柳泉乡百姓的脸上一个比一个美：他们的生活充满了幸福美满感。

在黄花菜晒场旁，是个黄花菜加工车间。农户谢仁义今年四十七岁，是1999年从海原搬迁到这里的移民。他告诉我，现在家里住的这新房是政府"危房改造"工程的"产物"——政府补贴3万元，自己又掏了8万元，所以很新、很别致、很讲究了！看得出，这一户是蛮幸福的小康之家。

"我有9亩地，全部种黄花菜，保种保收。"谢仁义介绍道，现在他们种黄花菜每亩政府给补贴500元，他自己收成、自己加工，这样收入可以更高些。"也可以放在合作社托管，旱涝保收，自己少操心些。但那样价格会比自己加工低不少，我家有劳力，所以我就自己干。"原来黄花菜从地里摘下来后，是需要晒干，再进行烘干等加工后才能进入市场。鲜黄花菜摘下来也能卖掉，但很便宜。

"忙的时候，我雇了8个摘花工……每年一茬黄花菜，收入稳定。毕竟红寺堡属于少雨多旱之地，适合黄花菜种植。"谢仁义从院子里的果树上摘下鲜果给我们尝，又切了西瓜。那瓜果无法不让人称道。

在一旁的黄花菜加工车间就不太一样了：很庞大和很现代的机器设备，一天可以加工几吨、十几吨鲜黄花菜。老板也是本地人，负责这几个村庄上的黄花菜收购和加工，然后直接把加工好的黄花菜发往全国各地。他引我进了加工车间，介绍说："过去菜农辛辛苦苦种下黄花菜后，看到繁茂的花儿很开心，但弄不好到最后还是水中捞月一场空。为何？没有加工烘干设备，老天若阴上几天，鲜嫩的黄花菜就彻底'黄花菜'了！"原来有句"黄花菜都凉了"说的就是这呀！黄花之乡让人长了知识。

"你瞧：现在我们的菜农们就不用再怕了！这烘干设备一天能'吃'进好几个村采摘的鲜黄花哩！"女乡长指着庞大的烘干设备，告诉我：这是用闽宁对口扶贫协作项目经费购置的。

呵，闽宁对口扶贫协作真是处处开花结果啊！

晒花场特别清香芬芳，有一种平时极少闻得见的味道，这中间既有黄花菜本身的色香味，亦有远处和周围葡萄园、瓜果地飘来的阵阵香风夹杂在其中，故能令人陶醉。

"你一定要到我们这里的农家乐体验体验！"女乡长的盛情邀请让人无法拒绝，于是我们一起来到永新村的一个农户家参观他的农家乐。

主人叫李文彬，他的农家乐着实不一般：几间客房干净整洁，里面还有电脑能上网，这是我想不到的。"我的客人来自四面八方，得考虑他们的需求。"李文彬说。

农家乐在我看来，除了客房外，还有两个地方十分重要：一是厕所，二是厨房。

想不到李文彬家的厕所安装了城里宾馆级的现代设备，坐、蹲式抽水马桶齐全。再看厨房更意外，是县上评选出的标杆级样板。"这是我们乡上与区旅游部门联合考核发的星级证书！"女乡长指着李文彬家厨房墙上那张"卫生合格证书"和"星级餐饮证书"，很自豪地告诉我。

"来，到后院看看——"李文彬拉住我的手，一定要让我去他的"旅游胜地"瞅瞅。其实也就是二三十步远的宅后，这一走竟然让我大呼"太美了！"原来，老李家的后院是一片果林和树林，除了随手可摘的果实外，树林中间还有一处孩子玩的"航天航模游乐"空间……

我心头不由直乐：他还真会玩！

"我这儿能住 10 个旅客，一天一人收 100 元，现在旺季时收 120 元，成本 30%，也就是说一天能赚 700 元左右，你说我这个院子值不值钱？"李文彬得意地夸起身边的女乡长："她经常对我们说，除了要把地种好外，还要把家园建设美，这样才能有更好的日子过。可不，我们现在有 20 户村民开起了农家乐。有的去年开张的，有的今年开张的，凡是开张的，都乐了起来——钱袋子满了呀！"

"怎么样？跟浙江那边的农家乐、洋家乐差不多吧？"女乡长让我说心里话。

我自然不能说假话，告诉她："除了交通不如浙江那边方便外，其他的一点不差。"

红寺堡的干部群众听后，很是兴奋，说过不了多久，他们这儿的高铁、机场都会建起来的，到时可以欢迎全国各地游客来黄花菜、葡萄园的故乡旅游。

以我亲眼目睹，这里确实值得"到此一游"。

红寺堡的葡萄园为什么这么多、这么旺？这是我格外感兴趣的事儿。

说到红寺堡的葡萄园，肯定得到中圈塘村，因为这个村的葡萄代表了红寺堡葡萄产业的创业史和成功史。所以当我说要看看红寺堡的葡萄时，主人就将我拉到了红寺堡葡萄的发源地，也是如今红寺堡葡萄最鼎盛的中圈塘……

昔日黄沙飞舞的不毛之地上，如今是一望无际的绿油油的葡萄地，这种反差倘若不是亲眼所见，是无法让人相信的。然而红寺堡的大地上，人所创造的奇迹几乎随处可见，这也从一个方面证明了中国共产党在领导自己的人民和国家战胜贫困、走向富裕的道路上所表现出的超凡能力和成功景象。

在路上的时候，当地干部将一位叫王青山的转业军人叫到车上，说他现在是红寺堡"葡萄王"，请他向我介绍这儿的"葡萄诞生史"。王青山十分干练，说自己在部队时就在农场工作，转业后分配到林业局，种植葡萄算是归口在农林部门，所以这位军人出身的干部就成了当地的"葡萄王"。

王者气魄就是不一般：王青山让我们在一片葡萄地中央下车，然后引我们走在一条足有 1000 米长的"葡萄长廊"内，边走边说，2018 年第一个"中国农民丰收节"，全国农村中选了 10 个景，这红寺堡葡萄长廊是其中之一，所以红寺堡红葡萄现在名声在外，为全国农村标志性的产业。

"红寺堡葡萄能够诞生，首先要感谢闽宁对口扶贫协作，因为我们当时在讨论研究移民们来到这块干旱土地上到底种什么东西、发展什么产业时，就先到了银川那边的闽宁镇去学习参观了，去后就被那里的葡萄园吸引了，而那里的葡萄就是福建企业家引进和种植的……"王青山告诉我，红寺堡与法国著名红葡萄产地处在同一纬度上，加上这里的土壤优于法国，所以十分适宜种植酿酒的红葡萄。"福建企业家在闽宁镇一带成功种植葡萄后，对我们影响极大，回来我们就布局发展葡萄产业的规划和准备。"

"但最初农民们不太愿意。"王青山说，"种葡萄前两年基本上不会有收益的，到了第三年才可以摘葡萄，到第五年收成才真正开始稳定。而农民种地习惯于当年种下当年收成，我们动员他们种葡萄，他们说头两年不产东西让我们吃什么？"

这不能不说是个问题嘛！农民讲求实际。

"后来我们的干部带头种。中圈塘现在被称为'葡萄第一村'，原因就是干部最早带了头，村主任自己先种了20多亩，第三年就有收成了，之后年年收成不错，是种其他农作物的几倍收入，这样村里的百姓就跟着学种，一种就种成了连片，种了上万亩，成为红寺堡面积最大、收入最高的葡萄园区，全村的日子越来越幸福。"

"他原来就是中圈塘村的支书，让他说说。"这时有人把一位叫李虎的人拉到我的面前，说他最了解中圈塘村的葡萄史。

李虎说，他是红寺堡的原住民，他的家附近还有座寺庙，他舅舅家离那庙更近。庙里有座铁铸的佛，后来铁锈了，佛像红了，所以红寺堡就是这么叫出来的。（瞧，"红寺堡"还有这一种解释。）以前红寺堡很少有人家，人们出去都是骑驴子，村与村都是联姻，所以出门走一村就到那个村里的亲戚家吃饭，或者住在那个村的亲戚家。李虎说，因为是不毛之地，所以原住民和村庄不会增加，只会越来越少，他父亲一代后来就是因为自己出生地的村庄消亡了，又搬到另外一个村庄。"我就是在新村庄出生的。"李虎说，他 1993 年参加工作，中专，农业机械毕业。红寺堡开发启动后，他成为第一代农机检考员，就是检查农民机械驾驶证一类的，并且为农民开农用机械发放证件。

"我主要去检查开着车的农民有没有证，但一去检查我就很难受，因为他是拉煤的，查他没有证的话，是要罚他 50 元钱的，他就说没钱，回家再不出来拉了……可他不出来拉煤，等于全家人得饿肚子。这种情况下，我觉得自己的工作实在太让人难受，也让我自己难受。我就辞掉了原来的工作，到镇上参加大开发的工作。"

　　李虎说他会开车，镇上就让他开了辆吉普车到处贴标语。"现在我还觉得自己这个工作很正能量，你想想是不是这个理：干啥事，不都得宣传嘛！不宣传，人家百姓怎么知道你们想干什么事，想让他们干什么事嘛！那个时候我贴得最多的一条标语叫做'宁可苦自己，决不误移民'。那个时候所有参加大开发的建设者们都抱定这个精神干活。我记得当时的开发办主任是同心人，离家也就六十来公里，平时根本不能回去，天天在红寺堡黄沙里加班工作，家人也习惯他不在家了。有一天星期六他顺道回家，妻子很奇怪地问他：你咋回来了？是不是犯了啥错误人家不要你了？弄得这主任哭笑不得……"

　　后来李虎被派到中圈塘村当支书。"村上有 387 户，1300 多人，都是搬迁来的贫困农民，他们都是从关口火龙沟搬来的……"

　　"慢着慢着！"我一听"关口"二字，摆摆手问李虎："是不是我们从同心那边过来时看到的那片保留的村落遗址？"

　　"对对，就是那个关口……"李虎说。

　　噢，那片现在被当地政府保留下来的旧村落遗址我参观过，能够非常完整地体现当年红寺堡原住民的生活状态。而在那些旧居里，我们竟然发现，在农民们居住过的窑洞洞壁上都是用当年的旧报纸糊着，而这些旧报纸最早的时间可以追溯到上世纪七十年代，多数为八九十年代，最为神奇的是那些报纸竟然多为《福建日报》。当我为这一"发现"惊呼，招呼在场的红寺堡和宁夏的朋友一起来看时，大家也都跟着热议起来，纷纷道：原来福建与宁夏的关系早就深入人心啊！

李虎听了我这一说，也频频点头，称：中圈塘村的葡萄诞生与发展，同样离不开闽宁对口扶贫协作。他说村里人开始不是很愿意种葡萄，多数依然像在老家那样种土豆，但收入不行，而且受市场影响极大。怎么办？干部坚持带头种葡萄，而且告诉大家种葡萄既省水又效益高。"这经验是我们到闽宁镇福建人种植的葡萄园学到的，而且不是有句诗说'葡萄美酒夜光杯'么，所以我们坚持认为种葡萄不会有错。同时我又带领那些对种葡萄持怀疑态度的农民上闽宁镇去参观，还请他们上银川吃自助餐、看西夏博物馆。村里的农民高兴了，说种葡萄发财是真的，于是回来都开始种起葡萄来。可又碰到了问题：有人说辛辛苦苦种了葡萄，第三年才有收成，到时也像种土豆一样没人要咋办？有人就打退堂鼓，并且偷偷把葡萄树砍了改成种玉米。"

"当时压力大啊！"李虎感叹道，农民脱贫致富的道路并不那么容易，红寺堡的不毛之地上要让百姓脱贫致富更是难上加难，有自然环境的限制，有观念上的问题，也有生态本身的问题，等等。"我是村支书，我必须去面对、去攻克。所以我一连几个月没回家，天天在村上，盯着大家把种葡萄这事落实好、砸实！我的孩子因为学校几次开家长会我没能去成，竟然哭着对老师和同学说'我爸不要我了'……"李虎为了让中圈塘村的葡萄树活下来、扎下根，没少吞苦水。

他的苦水吃到第四年，村主任乔文森带头种的葡萄在这一年每亩收获了7500元，这下把全村的百姓给震醒了，接下来就简单了：全村人跟着干部拼命种葡萄。这不，中圈塘的万亩葡萄园就像一面猎猎飘扬的红旗，高高地插在红寺堡这片曾经黄沙飞舞的荒凉土地上，成为其他移民们的榜样。

"现在大家看到的红寺堡万亩葡萄园就是被中圈塘村的一股风刮起来的……"看上去四十来岁的村主任乔文森颇为得意地告诉我，他是红寺堡第一个吃到种葡萄甜头的人，后来村上的百姓也尝到了种葡萄的甜头。"葡萄丰收的第一个年头，村上一下买了几十辆汽车，现在平均每家都能达到年收入几十万元……"

"中圈塘村是红寺堡葡萄的发源地，但现在的红寺堡葡萄园已经多达十万亩，而且不仅是农民们散种了，也是投资商来规模种植葡萄和开发红葡萄酒生产相结合的生产基地，你相不相信，我们这儿现在仅开设的酒庄就已达28家了！"这时，身边的"葡萄王"王青山朝我耸耸肩，意思是你北京人可不要小看我们红寺堡噢！

"走，我们参观一家酒庄去！"我笑着拍拍他的肩膀，便在他引领下到了一家叫"江达酒庄"的地方。

　　酒庄老板叫常亮，宁夏人，原本做房地产生意。2013年他见红寺堡种葡萄热火朝天，于是丢下原本的生意，来红寺堡投资种植葡萄园和开酒庄。常亮的酒庄完全是法式水平，高端又高雅，想象不出在中国几乎是最贫困的"不毛之地"上，竟然有如此漂亮的现代化酒庄：站在他的酒庄凉廊上，举目是一片不见边际的飘香葡萄园，身后是一个集酿酒、贮酒于一体，兼以红酒为主题的旅游博物馆、餐饮和住宿全配套的城堡，除了感慨便是感叹……

　　"我的酒庄有7600亩葡萄园，所酿红酒有10个品种，全部销往一线城市。葡萄园一年用工达3万多人，他们都是当地的农民工。他们在我这儿有两份收益：土地租用收入和务工收入。所以我跟他们关系很好，他们叫我'红老板'！"1969年出生的常亮谈起他的葡萄园和酒庄时，未饮红酒却有些先醉似的兴奋。

　　"我们的葡萄产业能有这样健康的发展，还得说到闽宁对口扶贫协作的好处呐！"红寺堡区宣传部负责人杨志华抢话说，"移民们种葡萄的积极性上来后，酒庄酿的酒也多起来了，可酒销到哪儿去？能销到什么价？这又是新问题。"

　　对啊，你们怎么解决呢？我用眼睛问他。

　　杨志华抹抹嘴，得意道："我是2018年4月到2019年4月，作为闽宁对口扶贫协作派往福建泉州去挂职学习的干部，就说说这一年中为我们的红寺堡红酒干的事吧……"

他说，福建那边开放程度高，喝红酒的人也多，所以他挂职的重要任务之一，就是推销宁夏尤其是红寺堡的红酒。"我在那边通过当地政府的支持，利用供销社的地盘，建了一个闽宁特产馆——400多平方米，推销我们红寺堡和宁夏的特产，尤其是红葡萄酒，生意不错。后来福建方面对我们宁夏的事特别支持和帮助，甚至连省里的领导也在公开场合上讲：中央的八项规定不能违反，但工会、机关等政府和公家单位在采购时，要优先选择宁夏的产品。这么一号召，我们的红酒和其他产品销量一下增加很多。后来我又开了一个'福建省闽宁园文化传播公司'，专门宣传红寺堡和宁夏的商品，这么一年下来，红寺堡红酒的声誉在福建各地几乎无人不晓，销路大开……市场好了，家乡的农民种葡萄的积极性更高了，酿的酒质量也更高了。葡萄种好了，又带动了其他产业，现在玉米、黄花菜、土豆等也都越种越多、越种越好。土地熟了，生态也好了，树木花草也茂盛了，生活在这里的百姓们的家园自然而然也美丽了！"

是啊，今天的红寺堡，你怎能想象得出它在二十多年前竟然是个除了黄沙和戈壁之外一无所有的不毛之地呢？

扶贫和脱贫的伟大战略和伟大战役，让沉睡的大地以如此惊人的速度在巨变，能谱写这一传奇的也许只有中国。

其实也就是中国。

从"镇"到"县"——那就是经典

　　2012 年是中国共产党第十八次全国代表大会召开之年，这一年习近平同志出任中共中央总书记。也在这一年，由他倡导的闽宁对口扶贫协作也作出了一项重要决定：闽宁对口扶贫协作联席会议将红寺堡列入闽宁对口扶贫协作工作之中，并且由经济实力较强的泉州市管辖的德化县作为对口红寺堡的帮扶单位。从此红寺堡也有了"正规"的福建亲人帮扶助力脱贫攻坚战。

　　以前红寺堡人并不知道德化在什么地方，也不知道德化到底是个啥样的地方。

　　"就是出白瓷的地方！"这一句话就把德化说了个明白。

　　"哎呀，知道了知道了，我家爷在世时就留下过一只白瓷呢！那可真是好东西，上百年不变色……"

　　德化很快就让红寺堡的人有了亲近感：出白瓷的地方一定

"讲究"——意思是说了不起的好地方。这是肯定的，瓷器是中华民族的伟大发明，也是我国古代文明的象征。外国人以瓷器称中国，"CHINA"既是中国之名又是瓷器之称。德化便是中国三大产瓷地之一，它依靠自身优势，以如脂似玉的中国白瓷塑和笔触率意奔放的民用青花，在中国陶瓷艺术史上独树一帜。德化瓷一开始就在对外贸易中非常活跃，当年"海上丝绸之路"对外贸易航线上的沉船中也时常可以找到它们的身影。风靡一时的"南海一号"沉船上打捞出的基本上都是德化瓷，可见其曾经的辉煌到了何等的程度！

德化陶瓷生产历史悠久，目前全域境内所发现的古瓷窑址达239处。著名探险家马可·波罗在他的《马可·波罗行纪》一书里记载道："刺桐城（泉州）附近有一别城，名迪云州（德化），制造碗及瓷器，既多且美。"由于马可·波罗带回了德化白瓷和其在著述中的宣传介绍，意大利等西欧国家学者将德化白瓷特称为"马可·波罗瓷"，可见德化瓷的影响力。

因悠久的制瓷文化传统，德化这个海边小城也充满了灵气和善交朋友的友邦文化。当闽宁对口扶贫协作确定德化为红寺堡对口帮扶单位后，德化方面给予了前所未有的重视，双方很快签订了具体的"互学互助对口协作协议书"，随后在各自的干部带领下，开始了"走亲戚"的对口互访、衔接帮扶项目，自然主要是以德化方面帮扶为主,而红寺堡则通过派往德化的干部推销自己的特色产品……如此你来我往,那些从大山里搬到红寺堡之后尚未摆脱贫困的移民们再次被"小康生活"的希望所激奋、所鼓舞,他们也第一次感受到了来自"白瓷之乡"的温度与品质。

"仅 2018、2019 这两年,双方互访交流、协作会议就不下 10 次,德化方面直接组织和争取到给予红寺堡的帮扶资金就超过了亿元,支持带动 1.3 万多建档立卡贫困户百姓发展本地的枸杞、黄花菜、牛肉和葡萄特色产业。同时利用德化长期以来形成的白瓷销售市场渠道和买卖经验,为红寺堡在福州、泉州等地开设数个'闽宁物产馆',把这样的馆作为推广、营销和体验红寺堡优质特色农副产品并将其推向全国的平台与销售渠道,有效地让红寺堡特色产品从无人知到有人知、人人知,从单一的土特产跨越到名优特大市场的全新台阶……这样的台阶单单靠我们红寺堡人一步一步往前走,可能哪一天也能建立起来,但在时间上或许用五年、十年也未必能走得到现在这个高度。德化人的帮助和他们的大手笔,使我们向自己所要实现的目标提前了十年。所有来过红寺堡和看过我们红寺堡的枸杞、葡萄、黄花菜和牛肉等的人都说好,但过去一没名气,二卖不出高价,原因就是走不到大市场上,就是交通不便。现在好了,我们连飞机场都有了——厦门飞过来的祥跃通用飞机,几个小时就可以把红寺堡的特产送到福建和全国各地，而这机场项目也是德化帮助我们引进与建设起来的。"那天中午的饭桌上，红寺堡宣传部的负责人滔滔不绝地在我面前摆了一大堆"德化好"，听来令人鼓舞和振奋。

事实上也是如此。你只要稍稍留神，就会发现如今在红寺堡乃至整个宁夏大地上，随处可见闽宁对口扶贫协作所绘下的一幅幅美丽华彩，无论在学校、医院，还是在城镇乡村，更不用说在那些建档立卡的贫困百姓家里，德化情、福建情，总如春潮涌动着，温暖着那些惠及到的人们心头。无疑，这样的华彩，烙刻在大地上的人们的家园，总是最美丽的——

从三棵树到一抹绿。红寺堡总面积 2000 平方公里，据第一代拓荒者介绍，他们刚进这片不毛之地时，见到的唯一树木是在现今的红寺堡镇旧城遗址边上的那三棵杨树，彼时它们势单力薄地竖立在那儿，其余的皆是黄澄澄的沙地。在建设新红寺堡和扶贫、脱贫攻坚战中，红寺堡各级干部和广大人民群众，一直把建设绿色家园当作主要奋斗目标，二十年来一直坚持采取了营造农田防护林、围栏封育、荒地造林、围城造林等措施，将防风固沙与美化环境齐头并进地推进。通过加强境内公路主干道两侧新开发土地和新搬迁移民点防护林带建设，构筑成了规模宏大的百里绿色长廊。又以改造提升、精心构筑城北、城西防护林体系建设为抓手，在区政府所在地周边形成了数万亩绿色屏障，加之 10 万亩葡萄园和所有农田林网化、沟渠林带化、条条道路林荫化、片片村庄园林化、家家户户花果化等强有力的推动，昔日的不毛之地，而今不仅实现了由"沙逼人退"向"人进沙退"的历史性转变，而且到处呈现绿水青山、鸟语花香的锦绣江南之景，叫人见之难忘，不可思议。

小堡子到大县城。无论历史有多悠久，还是它所处的战略要地有多重要，古人留下的红寺堡充其量就是个巴掌大的几个兵守着的一个一夜狂沙便能淹没的小兵站而已。战事紧时，它似乎还有一分存在的价值，改朝换代之后这淹没在大沙丘上的小小寺堡，其实连可怜的野兔子都不愿在此栖息。脱贫致富能够过上小康生活，这是农民们心中的向往，再具体一点，就是"过城市人一样的生活"：有大的电影院、大的百货商店，有运动场、操场和教学楼的各种学校，还有好大好大的医院、豪华漂亮的酒店宾馆，当然更有图书馆、博物馆、体育馆、游泳馆，以及四通八达的马路与高楼大厦……二十余年过去，现在的红寺堡中心区，甚至几个乡镇，也都有了这些过去只能在电视机里看得到的东西，走出家门便可尽收眼底。"其他的不用讲，红寺堡有两个地方，恐怕连你们北上广等大城市都比不上的：一是市民广场，二是移民博物馆……"红寺堡的人骄傲地这样对我说。为了证明，他们特意带我到了那座穆斯林风情与西洋风格相融合的外形网状一般的移民博物馆参观，我站在那里当即表示这建筑"独一无二"。至于那"市民广场"，从面积上讲，属于超大型，但让"北上广"逊色的主要还是绿化和美化程度，这是我所居住的城市和常去的大都市所不能比的。

今天的红寺堡人，有足够骄傲的资本，因为二十多年前的这块土地和二十多年后的今天之间所发生的巨变，其跨越的时间应该是整整的千年、万年……

呵，想一下：人间奇迹，除了中国，除了中国共产党领导下的、以决战方式所实现的扶贫、脱贫伟大战役的胜利，还能在哪个国家、哪个民族、哪个历史上创造？

没有。因此我言：如果说习近平亲自倡导的建设"闽宁村"到"闽宁镇"的发展史，是一部辉煌的扶贫脱贫史的话，那么同样是在习近平倡导的闽宁对口扶贫协作推动下，从一块"不毛之地"变成现在的现代化"县"的红寺堡的发展史，便是中国共产党和这片土地上的人民一起创造的一部拓荒致富、改天换地的经典巨著……

难道不是吗？

贺兰山的葡萄醉了心

在宁夏，有一座山的名字，一听就是个"美人儿"，它就是贺兰山。在《中华人民共和国地图集》中有这样一段话："遥望山脉，宛如骏马，故贺兰山在蒙古话中为'骏马'的意思。"显而易见，贺兰山在我国西北靠近内蒙古的那片大地上，它就是一匹俊俏体健的"骏马"。

从地理上看，贺兰山确是我国一条重要的自然地理分界线，它对银川平原发展成为"塞北江南"有着显赫的功劳，是我国河流外流区与内流区的分水岭，同时还是季风气候和非季风气候的分界线。由于贺兰山的山势独特，它的阻挡，既削弱了西北高寒气流的东袭，又阻止了潮湿的东南季风西进，也遏制了腾格里沙漠的东移。在贺兰山的东西两侧，气候差异明显。地处宁夏和内蒙古交界的贺兰山，平均海拔2000～3000米，因此，贺兰山还是我国草原与荒漠的分界线。它的东部为半农半牧区，西部是纯牧区。

"贺兰山下果园成，塞北江南旧有名。水木万家朱户暗，弓刀千队铁衣鸣。"正因为贺兰山地理位置独特，所以古时乃兵家争夺的战略要地。岳飞将军的一番"怒发冲冠"，"抬望眼，仰天长啸，壮怀激烈"的余音犹在。

当你踏上塞北之地，仰望巍峨的贺兰山，这些历史的回声，便会从心底怦然而出。其南北走向、绵延200多公里、宽约30公里的庞大身体，屹立在西北大地上，天然地成为我国的重要地理界线：山体东侧，巍峨壮观，峰峦重叠，崖谷险峻，向东俯瞰，黄河河套和鄂尔多斯高原一望无际；山体西侧地势和缓，嵌入阿拉善高原而行……位于银川西北的主峰敖包圪垯海拔3556米，是全宁夏境内的最高峰。贺兰山的植被垂直带变化明显，有高山灌丛草甸、落叶阔叶林、针阔叶混交林、青海云杉林、油松林、山地草原等多种类型。其中分布于海拔2400～3100米的阴坡的青海云杉纯林带郁闭度大，更新良好，是贺兰山区最重要的林带。山地动物丰富，有马鹿、獐、盘羊、金钱豹、青羊、石貂、蓝马鸡等180余种。1988年，国务院公布贺兰山自然保护区为国家级保护区，面积6.1万公顷。

由于贺兰山雄踞于大西北，它一身将西北内流区与外流区一

分为二，泾渭分明，所以对东部内侧的银川平原生态环境起到了
"母亲"般的保护作用，故贺兰山对银川平原而言，有"母亲山"
之说。

当然，贺兰山还有一样名扬四海的美丽外衣——贺兰山岩画。
由古游牧民族留存于大山岩石上的艺术品，成为一道千年闪耀光
芒的天然画廊，这在世界上也算是独一无二的。贺兰山在古代是
匈奴、鲜卑、突厥、回鹘、吐蕃、党项等北方少数民族驻牧游猎、
生息繁衍之地。南北长200多公里的大山腹地，有20多处遗存岩
画，其中最具有代表性的是贺兰口岩画。约有6000余幅神秘而
悠远的古代岩画，分布在沟谷两侧，栩栩如生地记录了远古人类
3000～10000年前放牧、狩猎、祭祀、征战、娱舞等生产、生活景
象，成为研究远古人类文化史、原始艺术史的文化宝库。而这些
丰富多彩的岩画，也可以让我们领略贺兰山作为"母亲山"所赐
予这块大地的那般仁爱之情。

"塞上江南稻金黄，羊壮鱼肥任品尝。硕果盈枝红若火，还多
秋菊袭人香。"母亲的怀抱总是那么温暖，又总能孕育万千新儿。
自然界亦然。贺兰山葡萄便是如今最令宁夏人骄傲的"贺兰女"，
更有那遍地飘香和醉人心田的"贺兰山葡萄酒"……

现在的"贺兰山葡萄酒"到底有多少，我不知道。当地人也
笑着告诉我："数不清……"

　　确实，只要你到银川后沿贺兰山东侧高速公路随意驱车走一段，便会发现这里的"葡萄酒庄"多得令人目不暇接。当然，最壮观和最让人心旷神怡的是延绵数百里的"葡萄田"带和弥漫在空气中的葡萄芳香，它确实可以醉你，而且醉得你留步，醉得你想深深地吸口气儿。

　　在探访著名的闽宁镇时，我就是这样被留住了脚步，且即便在离开那儿已经一年多了的今天，依然会时常想起这种现场气息感。因为在 2019 年 7 月 19 日这一天走进宁夏采访时，我就"闻"到了扑鼻而来的葡萄酒香——

　　紧挨着闽宁镇广场一侧，有一片商业区就叫"闽宁红酒街"。如此一个小镇上，竟然有"红酒一条街"，出乎我意料。永宁县委朱剑书记笑了，说："我们宁夏贺兰山红葡萄酒，可以说是闽宁对口扶贫协作最有代表性的成果和结晶，一是色泽在红酒中可冠世界之最，二是味道醇香度高，抿一口入唇，三小时余香仍在……"

　　"你说得我都想品尝了！"不喝酒的我，也被朱书记的话迷住了！

　　"是是！确实不一般！"红酒街的一名工作人员递给每位访者一小杯"贺兰红"，现场品者纷纷赞叹。惹得从不饮酒的我也跟着品尝起来——乖乖，真的口感奇异，醇香无比。关键是，入口之后，依然感觉口腔有散不尽的酒香总在鼻孔边萦绕，叫你心醉琐语个不停……神了！

"我们宁夏贺兰山东麓是业界公认的世界上最适合种植酿酒葡萄和生产高端葡萄酒的黄金地带之一，2002年被确定为国家地理标志产品保护区。产区总面积20万公顷，共涉及12个市、县（区）的18个乡镇、11个国营农场，是真正意义上的种葡萄和酿红酒的'黄金地带'！"走进红酒博物馆，年轻技术员骄傲地向我介绍。他说，贺兰山有葡萄的历史其实很悠远，早在公元前138年张骞出使西域时就带回了葡萄种子，一路经新疆、甘肃河西走廊到宁夏贺兰山一带。据史书介绍，当年"丝绸之路"的客商在路经宁夏时，就已经能够吃到葡萄了。但真正形成贺兰山东麓的葡萄产业，其实是近三十来年的事，尤其形成产业业态的时间，则完全是在党的十八大之后、闽宁对口扶贫协作力度不断提升的近几年间，才有了葡萄产业大发展、快发展的气候。贺兰山葡萄产业，如今已成为宁夏独具特色的"紫色名片"。截至2017年，宁夏全区葡萄种植面积达到60万亩，占全国种植面积的1/4，是我国酿酒葡萄集中连片最大的产区，年产葡萄酒1.2亿瓶，综合产值超过200亿元。"2017年，我们贺兰山东麓葡萄酒品牌价值达271.44亿元，位列中国地理标志产品区域品牌榜第14位。"

"我们贺兰山葡萄产业，是多次得到习近平总书记赞扬的闽宁对口扶贫协作成果。因为这个产业本身就为全区贫困移民提供了至少 12 万个就业岗位。2016 年，习总书记来宁视察时指出：'中国葡萄酒市场潜力巨大。贺兰山东麓酿酒葡萄品质优良，宁夏葡萄酒很有市场潜力，综合开发酿酒葡萄产业，路子是对的，要坚持走下去。'我们现在就是在习总书记的嘱咐下更加奋发有为地沿着葡萄产业这条路子坚定地走下去，而且越走越宽阔……"

小伙子说的是事实。2020 年 6 月 9 日，习近平总书记再次来到宁夏，又再次走进贺兰山葡萄园。站在茂盛的葡萄丛中，习近平深情地对那些已经脱贫的果农说，种植宁夏葡萄的产业路子要坚持走下去，因为它能让你们更好地实现致富。

是的，葡萄在宁夏、在贺兰山，已经是当地百姓脚下的一条通向小康和幸福生活的黄金之路。

"光我们这儿，现在就有十几家有名的大酒庄，而且庄主多数又是闽宁对口扶贫协作过程中过来投资的福建商人，是他们把我们的宁夏红酒抬到了世界红酒的高坛上，也彻底改变了世界同行对中国葡萄酒的认知。"那天中午，我们就在闽宁镇的一家小餐馆就餐，朱剑书记既骄傲又激动地告诉我："贺兰酒业有今天，我还想重复的一句话是：起根本作用的就是闽宁对口扶贫协作……"

朱书记的话，犹如扬鞭般催赶着我的双脚。

"福建商人陈德启的 10 万亩葡萄地和他的'贺兰神'，就离这儿不远……"

"太好了！走，去看看——！"我欣然道。

于是，一行人坐上车子，迎着习习清风，向大山脚下的那片原野驶去……

一路上，关于"葡萄园"的种种画面，浮现于我脑海之中。虽然多少也见过葡萄园，但也就是几亩、最多几百亩的那种了！然而真正让我陶醉的葡萄园，其实都是在欧洲老电影里所看到的那般像碧波万顷的葡萄园，如法国波尔多产区的葡萄园，它总让人心潮澎湃。而葡萄园与葡萄酒，其实也代表了中世纪和文艺复兴时期欧洲上层社会的某一方面。歌德、巴尔扎克等伟大作家笔下的文字里，总有许多最精彩的情感，融于神秘的葡萄园内和光怪陆离的红葡萄酒中，皇宫贵族的爱情与婚外情，甚至企图通过勾引农场主女儿实现阴谋的穷小子所设下的种种圈套也总在葡萄园内……葡萄园和葡萄酒一直属于西方的贵族与西方文化世界。当然，关键一点是高贵的葡萄需要特别的气候和地理环境。

中国能有这样的"波尔多"？我在想着。

"到了！这里就是'中国波尔多'！"在一片四周皆由高高的杨树"圈"起来的田野上，我们所坐的车子悄然停下，有人已经兴奋地高声喊了起来。

"中国波尔多"把我的神思拉回了眼前的现实：天，真的是如诗如画之美的葡萄园啊——你看，绿油油的葡萄地，一眼望去，直连贺兰山东麓，方方正正一块不知道有多大的园地，四周是高高站着的挺拔的白杨树……那些白杨树像警惕的哨兵一样，守护着娇嫩的葡萄园不受任何外袭，看上去着实值得赞美。葡萄园的葡萄已经结果成串，颗粒大多像黄豆大小。在田间接待我们的一位小伙子介绍，再过一两个月，葡萄就到了采摘的季节。那些围在四周的白杨树，就是起保护葡萄园的作用。"一块见方的地，都是 500 亩，四周至少有几千棵白杨在给葡萄们守家护院呢！我们有 10 万亩葡萄地，也就是总共由 200 块这么大的葡萄园连成一片，组成了我们'贺兰神'葡萄庄园……"

200 个矩阵，连接在贺兰山东麓，绝对气势非凡！闭目想象一下，就有种叹为观止之感。再看那高大挺拔的白杨树阵，你就无法不被有如此气魄的葡萄园"庄主"所折服。

"原来这里就是一片飞沙走石的戈壁荒滩。我们的陈总一来，彻底把荒滩变成了绿色葡萄园……这在几年前是根本不敢想的事儿，闽宁对口扶贫协作下这些事全都成了现实，的的确确像梦一样！"

是的，葡萄园是生梦和圆梦之地。不知哪个经典作家在一部爱情小说里说过这样的话。就在我迎着清风、眺望葡萄园的光景时，有人说了一声"陈总来了"。于是我收回眺望的目光，看到一辆吉普式的小车上下来一位个头不高的壮实的中年人。

　　他就是这 10 万亩葡萄园的大庄主、福建籍企业家陈德启先生。
我发现，几乎所有在宁夏投资办企业的福建商人，都是那种看上
去很憨厚的实干家，似乎他们的精明之处从不在脸上表现出来，
这与其他地方的商人有明显的差别。开始我不明白到底是什么原
因，后来随着在宁夏采访的不断深入，才慢慢明白了其中的"奥
秘"……

　　"到宁夏来是支援扶贫开发的，虽然我们也不是来做赔本生意
的，但心里想的更多的绝对是要把企业和生意做好，让当地百姓
受益，能为宁夏经济发展尽份力。这是我们闽商的最大心愿。"在
固原时，一位正在那里办厂的闽商似乎道出了个中的玄妙。原来，
情怀是可以改变生性的啊！生意场上竟然也能发生如此奇妙的事，
太令人惊诧。

　　"我开始来这儿的时候，这里全是乱石荒滩……走路都是会踢
着石头的，车子也不好开的嘛！"在葡萄园田头的一端，立着一
块庄园的巨幅宣传栏。陈德启先生颇有感触地看过去，而后说道：
"当时在我决定要在贺兰山下开辟这片荒滩种葡萄时，有许多生意
场上的朋友就劝我别干这种傻事。但我没有退缩，因为我知道闽
宁对口扶贫协作是我们习近平总书记倡导和关心的事，他在福建
当省委副书记时就一直鼓励我们闽商来宁夏投资，支援这里的脱
贫攻坚。2007 年我就开始下决心到这儿办企业，一晃就是十二三

年了，而且我是第一个在戈壁滩上种葡萄的人……"

"你看看，当时这片地就是这么个乱石飞跑的荒滩！"陈德启指着宣传栏的几张旧照片说。

真是不可思议：昔日贺兰山下的一片戈壁荒滩，现今是望不到边际的绿海碧波的美丽葡萄园……

"你怎么相信在这儿种得了葡萄？酿得了红酒？"新旧对比，我无法不问这样的问题。

"我过去一直在内地做生意，在江苏开食品厂，在山东做房地产，生意都不错。闽宁对口扶贫协作后，省里组织我们到宁夏来参观和洽谈投资意向。2007年我第一次到宁夏来，这边的林业厅带我们看了一个林场。因为过去做食品生意，去过法国，了解一些他们种葡萄的知识，所以到了宁夏后，我发现这里的土壤很独特，可能适合种葡萄。后来在宁夏考察参观过程中，永宁县的县长知道我有意向在这里投资，很高兴，就找到我，拿出地图，说：陈先生，我们这儿有的是地，你看中哪块，我就给你哪块！十几万亩的地都有。当时他指的就是现在我的这块葡萄园所在的地方，共13万亩，很大一片。我们福建那边，包括我做过生意的江苏、山东，哪见过这么大的一块地方，说能够给你去开发做生意嘛！当天我就跟这位县长一起到这片荒滩上转了一圈，虽然那个时候，荒滩乱石、野草遍地，但我特别兴奋，对县长说，我就要这块地，我看中了！我们就是这样在回城的车上把事谈成了，第二天就谈妥了买地合同……"

"这么高效！"

"当时我内心太喜欢这块地了。"陈德启说，"我取了这里的土壤标本，直飞巴黎，请那里的种葡萄的土壤专家检测分析。结果人家告诉我：这是全世界最好的种葡萄的土质。他们这么一说，我就决定在这儿种葡萄了！这一种就是十三年……"

陈德启在现场给我找了裸露的土，说了一串关于这块葡萄园的土质之优秀：碎石与砂土组成的土壤，天然矿物质特别丰富。这里与著名的法国种葡萄地在同一纬度，而土质又优于法国的种葡萄地。"且他们种葡萄的历史很悠久，土壤里的有机矿物质含量无法与我们这儿相比。再者，葡萄酒是讲究'年份'的，这跟水有关，雨水多的年份，酿出的葡萄酒就不会是好酒，只有雨水少的年份，其酒的品质才会更好。我们这儿常年降水量稀少，不存在'年份'好坏，年年都是好'年份'。还有一个原因是我们这儿的昼夜温差大，白天气温30度，夜间能一下降至15度以下，这种温差下的葡萄品质无可替代！所以贺兰山种出的葡萄，一定是世界上最好的，这个信息是来自葡萄王国的法国专家们给出的，我就下定了在这儿种葡萄、酿红酒的决心。"陈德启说到这儿，憨憨地添了一句："又赶上闽宁对口扶贫协作的东风，我就这样来了贺兰山下！"

陈德启在贺兰山种葡萄和酿红酒绝不是件易事。且不说福建晋江老家的生活与贺兰山的荒滩野外环境无法相比，即说要把乱石飞舞的戈壁滩地改造成可以种娇贵葡萄的土地，那过程和难度足够让一般人倒抽冷气：10万亩啊！仅从地图上看，也是广阔无边的一大片。当时陈德启为了开垦第一块"500亩"的乱石滩地，差不离将银川可以调动的机械都调动了过来。

"那光景，真的很壮观，恐怕连贺兰山都在为我们欢呼、加油！"庄园的一位随陈德启一起来的福建员工对我说，"光碎石、翻耕用的粉碎机和挖掘机，在田地上就至少有上百台……它们一起叫唤，这场面和声响，震天动地哪！连贺兰山都在发出回响呢！"

虽然现在我们眼前都是长满硕果的绿色葡萄园，但创业初期的这片土地上的情景可以想象得出，它确实振奋人心！

其实我知道，陈德启为改良这块10万亩的戈壁滩所花费的代价和心血也是巨大无比。乱石和砂土组合成的土壤的矿物质含量确实高，优于法国的葡萄园土壤，然而将10万亩面积的戈壁滩上的乱石和砂土变成适宜种葡萄的土壤，犹如将铁棒磨成针，所下的功夫之深，不言而喻。这期间陈德启所付出的心血，只有他自己知道。

"碎石需要一种力量和精神。但种葡萄自然还需要优质黏土地，这里的戈壁滩没有好土，于是就需要我们从别处运输过来。你们知道这 10 万亩葡萄园，它需要的表面优质好土是多少吗？"

"多少？"

"我计算不出来，但我只记得第一个 500 亩土地所用的新土就要去几十里外的地方去装运一千车次……"陈德启说，戈壁滩上种葡萄，前期的准备就是一场战役，需要"千军万马"。

戈壁滩是不长什么植物的，现今茂盛的每一棵葡萄树，皆离不开水。

"你的水是怎么解决的？"我关心这葡萄园的"生命之本"。

"你问到根本了！"陈德启看看我，会心一笑，说，"戈壁滩没有水，这是它的本色。但种葡萄必须有水，虽然它并不像其他作物那样需要大量的水，但离开了水同样结不出丰硕果实，酿出的红酒也不会是高质量的。"

"你看那边的那些'小屋'……"陈德启指指几百米外那些嵌在树丛中的一个个小屋子，解释道，"它们都是原来取水的井房。以前没有建水库时，我们就是靠它供应水源。一口井往地底下打，都需要 200～300 米深，一打就是几百口井……后来好了，引进了灌渠水，我们在四周建了 4 个水库，可以满足整个葡萄园十几万亩地面上所有植物和酿酒所需用水。"

"你看到这些树了吧！别看它们现在长得这么高，刚栽的时候可并不那么容易。如果纯粹是小树苗，即使四周栽满一圈，它对500亩一方块的葡萄园也起不了太大的保护作用。所以栽的时候，这些树都有一定的树龄了。但三四年树龄的树苗移栽到这戈壁荒滩上让它成熟又成长，也不是个简单事儿，你得精心呵护、百般伺候。因为这里是北方，种树的目的是保护葡萄园里的葡萄不受风沙吹打与摧残，而小树刚种在这里，你就得首先想法让小树们不受风沙摧折，难题就在这些地方，你明白这些道理后才会知道个所以然来。"陈德启说，现在这些高高挺拔在10万亩葡萄园四周的白杨树，都已经是十年树龄了。

"几千万棵了，它们跟我一样，已经牢牢地把根扎在贺兰山下了！真正能够成为葡萄的'保护神'了！"陈德启指着一排排矩形方阵的树木，骄傲地说道。

那一刻，我内心特别地敬佩眼前这位个子比我矮了半个头的福建企业家。

"种葡萄不是件易事，它要栽在气候适宜的地方，海拔需要在1000米到2000米之间，我们这儿的海拔高度正好是1500米至1600米之间。种下成活后，它要在四年成长期后才能结果，然后又是两年左右的培养期，而采摘下的葡萄酿成酒，又至少得在酒窖内放上两年，这就等于你想种葡萄酿红酒，前后必须有八年时间的创业和不产出的阶段……所以种葡萄和酿红酒的人，特别需要有耐力，同时还需要大投入。"陈德启告诉我，他在贺兰山下的这块土地上，已经投入近十三年时间（至 2019 年我采访时），投入资金20 多亿。"加上 3 万亩的旅游设施，总投资应在 50 亿左右。"他说。

这就是一位因闽宁对口扶贫协作而投身并扎根于贺兰山脚下的福建商人的情怀。

"好酒是酿出来的，但好酒的前提是要种出好葡萄。所以我的功夫和感情多数倾注在种葡萄上……"陈德启先生带我走进已经挂满果实的葡萄园，抚摸着滴露的葡萄，深情道。

十余年的风吹沙打，陈德启的脸上满是沧桑，但他一直绽放着灿烂的笑容。他问我："你知道我为什么用'贺兰神'作庄园和系列红酒的品牌名吗？"

这个我真的想不出来。

他转身指指那葡萄园的地形图，说："你看它像什么？"

像什么呢？我端详起来……嗯，它很像希腊神话里某个神的模样。

"作家就是作家！就像一个神。"陈德启开心道，"那个是我的指纹，与神像合在一起，就组成了我们葡萄酒庄——'贺兰神'的品牌标识。"

1956 年出生的陈德启，在改革开放之初的 1980 年到泰国经商，赚了"第一桶金"后就回到祖国，用6000多美元在江苏苏北办起了一家食品厂。经十几载艰苦拼搏，他的财富有了一定积累，便在山东等地搞房地产。就在他和女儿、儿子"三足鼎立"，将生意做得风生水起时，"闽宁对口扶贫协作"的一声号令响起，陈德启二话没说，把内地的生意交给儿女，自己独自带着行囊，来到了宁夏，来到了贺兰山脚下这片原本荒芜的戈壁滩，一干就是十几年……

"曾经有人问我到这么荒凉的地方创业，图什么？你陈德启已经是家产数亿元级的大亨了，还用得着创业吗？而且在内地赚钱远比在宁夏贫困山区要容易得多，你陈德启到底图什么？家里人开始也不怎么理解，因为他们跟我一起辛辛苦苦赚的钱，被我弄到宁夏戈壁滩上来了，心里没底。我告诉朋友和家人，说你们不知道一个人过穷日子的滋味，更不知道一群穷人在一起过穷日子是啥样，但我这个年龄的人过过苦日子，我们福建人也过过苦日子、穷日子，我到泰国创业时还过着贫穷的日子。穷人是没有尊严的，穷地方是不会受人喜欢的，而现在我富了，有能力了，为什么不去帮帮像宁夏那里的贫困兄弟姐妹们呢？所以我就来了……"

义无反顾的陈德启，以义无反顾的精神来到并留在了宁夏。这位敦实的福建汉子，扔下"亿万富翁"的洋装和架势，每天与泥土和沙尘为伍，在庞大的工地上，用了整整五年时间，将长、宽皆十几公里的一大块戈壁滩，硬是开辟成绿荫成片、处处生机勃发的葡萄园，这是怎样的一种气魄与精神？

"气魄谈不上，我只觉得自己真真切切地变成了一个种地的庄稼汉……"陈德启有些腼腆地对我说。

而他这话其实更加感动我：闽宁对口扶贫协作，尤其是在宁夏这块土地上，帮助本地群众实现脱贫，最根本的是需要在产业上进行支援与帮助，实现产业上的现代化和规模化，让宁夏这片土地长出优质经济作物，长出高效作物，长出像真正的"江南"一样的富饶之物和现代化工业企业、高科技企业，这是根本。

陈德启可以说非常完美地做到了这样的一个"根本"。

首先他的 10 万亩葡萄园，足够宏伟，光每年用工就需要 2000 ～ 3000 人。"周边几个村庄的农民都在我这儿打工，每年他们可以有三四万元的收入。"陈德启说。我知道他的近期和远期规划也有许多项目，那么他的"贺兰神"产业就不只是一个葡萄园了，而是一片产业地，可以吸纳当地劳动力达万余人。一个福建人，支撑 1 万人保障他们的正常就业，这样的扶贫和脱贫才是长久的。因为我相信：真正一流的葡萄园和酿造世界品牌的红酒基地，一般都可以成为"百年老店"。从陈德启的脸上，可以看到他心底就存有此愿。或许他的愿望还会更加宏伟。

走进他的"贺兰神"酿酒车间及酒窖后，我才体味到"其次"——陈德启先生的第二个能让扶贫、脱贫有希望的是，他的帮扶并非简简单单给宁夏农民们推销几件衣服、买几袋农副产品，他是在昔日的戈壁滩上为当地建造起一座世界最先进的红酒城堡。他说从一开始，他就瞄准了"世界第一"的法国红葡萄酒。"我选择的是土质最优的地方；我引进的葡萄苗是世界上最好的，320万棵优质葡萄苗引进后我们请法国专家团队进行嫁接、繁殖和培育，现在的'贺兰神'葡萄就是世界最优质的葡萄种，也是中国最好的葡萄自产种；我的酿酒设备是最先进的，全部进口，顶级水平……你再看看我们藏酒所用的木桶，一个木桶本身就达1万元，我们用的是最好的橡木桶，因为只有最优质的橡木质桶，才能贮藏出最优质的红酒。"陈德启领我进入他的"贺兰神"核心地——酒窖，这时我才真正感受到什么是高端红酒的品味与品质：一排排醇香扑鼻的橡木桶，像整齐的士兵横排在固定的位置。橡木有一种特别的香气，酿造出的红酒放入橡木桶中，贮藏十至十二个月之后，其香自然而然地融入红酒之中，成为红酒不散的天然香味。而且橡木本身含有鞣酸单宁、橡木内酯等物质，一旦进入到葡萄酒，糅合葡萄酒本身的香味，便形成了诱人的独特醇香，同时也起到延长红酒寿命的作用。

　　"来，品品我们的'贺兰神'！"陈德启给我和同行的朋友们每人倒上一杯他们在法国巴黎国际红酒大会上拿到"黑金奖"的

"至尊公主",让我们品尝。

"啊呀,味道太美!太好了!"身边立即响起一片赞叹声。连我这样根本不知酒好坏的人,在品尝一小口"贺兰神"后,也感觉口腔和嗓眼内,满是那种形容不出来的特殊清醇味,而且嘴边的余香格外悠长。

"好红酒就是这样的。"同行的内行人悄声告诉我。而后他又频频点头道:"确实好!"

在"贺兰神"的展厅里,我们看到各式各样的奖状和证书。"过去我们出高价去买法国红葡萄酒,现在我们每年拿着宁夏红葡萄酒去参加国际比赛,从不会空着手回来,总有几个金奖或黑金奖带回来……"陈德启说,每年他的酒去巴黎参展,一亮相,法国人就会排着长队来品尝。

"一排就是几百米,甚至几千米的长龙也常有……"这时陈德启的脸上,是一个中国酿酒人的骄傲。

"我这份骄傲,不仅是自己的,更多的是宁夏人的,因为世界上在戈壁滩上孕育出优良红酒的只有我们贺兰山这儿;我骄傲的是,如果不是闽宁对口扶贫协作,这片荒滩地可能还会沉睡几百年,甚至几千年。能把它唤醒,能把它变成种出最好酿酒葡萄的葡萄园和酿出最好红酒的红酒基地,这才是我心底最感到骄傲的事……"陈德启这番话,让我忍不住紧紧上前拥抱了他。

　　还有什么比这更能说明闽宁对口扶贫协作的意义？还有什么比这更能呈现闽宁对口扶贫协作的现实与未来的美好？

　　"现在我已经进入创利时期，今年可以有 500 万瓶葡萄酒进入市场了！"陈德启说，"好葡萄是在第十年开始的，二三十年的葡萄园是最好年份，然后才慢慢进入老化期……"

　　他的话让我明白一点：贺兰山的葡萄事业其实才刚刚开始，即使最早进入市场的他陈德启的"贺兰神"，也才刚起步于辉煌的"葡萄的金光之路"。

　　陈德启，你所走过的"闽宁对口扶贫协作"征程与你的名字里，就是一个完美的"德之启"的人生轨迹。而习近平总书记倡导并开启的闽宁对口扶贫协作，其本身就是一项伟大的"德启"工程：它为宁夏人民改变和摆脱曾经的贫困而开启阳光与惠民的德行之路；它更为宁夏这片古老而荒凉的土地开启繁荣与昌盛的幸福征程……

　　这样的宏愿，如果在一二十年前这么说，或许没多少人相信。然而今天你只需要到贺兰山东南两麓走一走、看一看，就会真切地感受到，这一切皆已成为了现实！

　　是的，在这里，一个陈德启式的"贺兰神"出现之后，戈壁滩上一片葱葱郁郁的美丽葡萄园诞生之后，那醇香飘出百里千里的塞外大地上之后，从此沉睡了亿万年的贺兰山便开始热闹和沸腾起来，于是很快形成了现在的规模达百万亩的一片望不到尽头的"宁夏红"葡萄产业，由此也带动了这片土地上的成千上万的宁夏百姓致富，并将"母亲山"两翼装点得美不胜收，到处流芳溢香……

贺兰山的葡萄真的醉了人心。贺兰山的红酒已经漂洋过海。而我知道，像陈德启这样正在为宁夏人民造福的福建人，据说已多达七八万，其中相当一些是带着"身家性命"的企业家，他们以自己的热情、智慧和经商才能，在为这片贫瘠的土地输血、造血，让古老的土地焕发着青春与活力、生机与希望。

记得 2019 年夏第一次到宁夏后的第二天，我就被当地人拉到了西海固地区的固原市原州区，女乡长黄丽萍格外激动地告诉我，在她的乡有 1627 户"建档立卡"贫困户，已经在 2018 年全部脱贫，现在人均年收入 8876 元（脱贫前为 3000 元）。

"脱贫对我们这儿的老百姓来说，是天翻地覆的事，大家感谢习总书记和党中央，再者就是特别感谢闽宁对口扶贫协作中福建人给予我们的帮助，尤其是产业帮扶。我们乡就有一户来自福建的林家兄弟姐妹，他们在我们乡的一片荒山丘上种植了万亩油牡丹，让方圆十里的农民们有了长久致富的希望和稳定产业……"漂亮活跃的黄丽萍乡长忍不住问我，"如果不累，现在我们就上山去看看?！"

"走!"我立即起身。

从刚采访完的河川乡寨洼村,到远在深山里的油牡丹基地,有一段不短的盘山路。这应该是六盘山脉的部分余峰,峰虽不高,但我们坐在车上沿途远眺,只见重峦叠嶂,深无边际。很难设想,若非勇敢者和智慧者,有哪个敢在此扎根开荒。然而偏偏远隔千山万水的一群福建人来到此地,甚至现在连家都搬到这大山深处……这需要何等的情怀与勇气呵!

就在我一路感慨之际,黄乡长指着群山窝的一片花木茂盛、绿树成荫的地方,说:"到'天堂'啦!"

深山有天堂?!在一行人疑惑之间,黄乡长已经将我们领入一片山凹地……哇,我们的第一反应是,原来在大山深处的山窝窝竟如此巨大、如此奇妙、如此深藏不露地"藏"着另一个世界:

花的世界,游乐的世界,幸福的世界。

怎讲?

说"花的世界",自然是最准确的,因为往山窝四处远眺,是梯田式的油牡丹种植基地,层层叠叠,望不见边际,只有很美的梯式原野在阳光下显现着层次分明的轮廓。主人介绍,油牡丹实际上是一种灌木植物,野生的油牡丹,主要分布于甘肃省、四川省和云南北部,主要为紫斑牡丹;陕西省和山东菏泽、河南洛阳等地也有,为凤丹牡丹。油牡丹是油用牡丹的简称,它是一种新兴的木本油料作物，具备突出的"三高一低"的特点：高产出（五年生亩产可达300公斤，亩综合效益可达万元）、高含油率（籽含油率22%）、高品质（不饱和脂肪酸含量92%），且低成本。而且油用牡丹耐旱耐贫瘠，适合荒山绿化造林、林下种植。一年种下，百年收益。宁夏西海固六盘山一带，适合种植油牡丹。这是福建人选择这一作物作为帮助宁夏人民脱贫致富产业的主要考虑。万亩油牡丹，从观赏的角度，它同样可以在每年牡丹花盛开之际，吸引万千旅客。设想一下，群山起伏的大山深处，满是鲜艳的牡丹花，那景致不陶醉死人才怪！

什么叫"花"的海洋，估计这儿才可以称得上。不不，这儿应该叫"花的群山"！"花的群山"，一定比"花的海洋"，更有气势，更为壮观。

"是的呀！过几年，等这里全部种上油牡丹后，我想可能会是全世界最大的牡丹世界了，不仅中国人要来看，全世界的旅客也都会来我们河川的呀！"年轻的女乡长边欢呼边这样畅想着，领我们进入了"牡丹天地"的腹地。

"喏，这儿是游乐世界。"穿过一座山峦，女乡长指着山上山下说。

山顶上面是赛车跑道哟？！不敢相信的事就在这儿发生了。原先以为也就是到大山深处创业的福建人，可能太寂寞了，自己玩玩而已。哪知女乡长"哎哟""哎哟"地叫了起来，连声说"别瞧不起我们啦"!

"你看看，就在你们来的前两个月，我们这儿就举办了四省一区的山顶车赛呢!"女乡长怕我们不信，特意带我们到山顶的赛车场。

不错，此处赛车，车手们必感觉全新，而观众们更会获得多样刺激：触摸云天，瞭望群峰，观摩飞车……独特且其乐无穷。这位福建老板是有远见的：总有一天，这漫山遍野的牡丹花成为"洛阳第二"时，观花之后再在大山之巅，欣赏一场刺激的山地赛车，难道不是一次难忘的旅游盛事吗?

"你往下看——"一起站到赛车场最高悬崖上的女乡长指着山窝窝底的一弯像镜子一般的水塘，说："那儿是垂钓和游泳的地方……"

真有些不可思议!如此远山干旱之地，福建老乡竟然建了一个旅游驿站，够大胆，也够浪漫!

从赛车地前往福建商人林氏家族在此成立的"宁夏瑞丹苑油牡丹产业有限公司"办公总部的山路上，我们穿过一条长长的各种鲜花编织与簇拥的"花之径"后，女乡长一定要让我看一下原先住在这儿的当地百姓的农居。

"过去我们这儿的农村百姓都住这样的窑洞，至少有几百年的历史了。即使解放后，也没有什么变化，祖祖辈辈都是住的这种叫'房'实际上就是土挖的山洞……"女乡长带我穿越一片已经杂草丛生的荒芜之地，提醒我注意地上的荆棘和乱石等，然后我们就见到了一排参差不一的旧窑洞。看得出，这里的主人已经搬走有些年头，从留下的围墙和石磨等农具仍能感受到他们往日的生活状态，四个字：贫穷简陋。

"我们已经跟福建朋友商定好了，准备把这些农舍完整地保留下来，一是好让以后富裕起来的农民们对故土有个念想，二是也好让他们的子孙后代知道前辈们如何走出大山、摆脱贫困、过上幸福生活的往事。"女乡长的这个想法，甚为可贵。

就在这片旧窑洞不远处，我们看到有人正在大兴土木，翻建一个个庭院式的新窑洞。随意走进一院，感觉仿佛是一坊别致的"农家乐"！这里的窑洞内，不仅有床，还有单独的卫生间，暖气设施和电脑等也很齐全，庭院也不小，有花地，有菜地，还有果树，十分纯正而惬意的西北现代农舍。

"这是我们正在打造的几款牡丹花海农家乐……作家朋友帮我们看看如何？"说话间，一个操着福建口音的瘦个子来到我身边。女乡长介绍，他就是"瑞丹苑"油牡丹基地的副总、林氏家庭企业代表林其进先生。

"非常好！它既有西北农村的风貌，又有现代化设施，加上这里又处大山之巅、牡丹花海之中，别致而浪漫，温暖而实惠，我很喜欢。"我由衷道，"如果作家们来此，更不想走了，他们可以在此住下，既享受自然，又能触发灵感，进行创作……你的生意一定更加兴旺！"

林先生听后乐得合不拢嘴，"借你吉言。"

在公司办公室内，林其进解释，董事长林锦云回福建办事去了，由他在这儿值班负责。"我们都是福建长乐人，过去也是在全国各地做生意……"林其进说他是2002年到西海固来的，开始是做五金贸易的。林锦云也是在同一时间到宁夏来的，他原先开化工厂，之后到蒙古国开发煤矿。林氏兄弟们在闽宁对口扶贫协作过程中属于比较早的一批到宁夏做生意的企业家。

"林锦云的生意做得大，挖出煤来后，一部分留给蒙古人，一部分就拉回来卖掉，做这个生意很辛苦，也很赚钱。但2008年后，国内的煤炭价格跌得很猛，旧生意就做不成了。正好那个时候，闽宁对口扶贫协作在我们老家动员企业家们加入，又听说国家对木本油料很支持，所以2014年我们就到固原这边考察了一圈，发现这里土地资源太丰富，国家又有对油产业的政策支持，更重要的是这里还有大量劳动力资源。我们兄弟几个从小也是在农村长大的，吃过苦，也知道当穷人的滋味，所以一商量，就来到河川乡圈了这么一大片荒山地……很大的一片山地，方圆几十里哩！

要在我们老家是连想都不敢想的事。"林先生咧着嘴又笑了，说，"我们现在是大地主了！"

确实，方圆几十里的一大片地，这在南方和东部沿海省份，即便是解放前，恐怕还没有一个大地主能够拥有如此广阔的土地。

"新地主"林氏兄弟们怀揣一个要把这里的荒山变成花园的梦想，从 2014 年开始，将其他所有生意搁置一边，带着全家搬到了大山深处的一片荒芜的山窝窝里，开始做起了一场艰巨而美妙的"油牡丹梦"……

随着人们越来越注重食物的精细与健康，被誉为"液体黄金"的牡丹油，也被中国政府所重视。2011 年 3 月，卫生部卫生监督局根据《食品安全法》的规定，经新资源食品评审专家委员会审核，公开批准牡丹籽油等为新资源食用油，牡丹油也正式成为我国食用油大军中的一员。这一新的食用油的开发意义非同寻常，它将改变目前我国食用油的消费结构。据中国林科院对压榨牡丹籽油的分析，这种以牡丹籽仁为原料，经压榨、精制等工艺而成的金黄色透明油状液体，不饱和脂肪酸含量高达 92% 以上，其中 α - 亚麻酸占 42%，多项指标超过同被称为"液体黄金"的橄榄油。中国林科院化验人员曾这样惊叹：这是世界上最好的食用油！牡丹籽，色黑、皮硬、味苦，不规则圆型，比黄豆稍大。凤丹、紫斑两个牡丹品种，结籽多，生长快，适合药用。在高产试验中牡丹籽曾经达到过亩产 1980 斤，目前普通的凤丹一般亩产可以达到 800 到 1000 斤花籽。而一亩黄豆的产量也就是三百来斤，在出油率相同的情况下，牡丹籽的产出率是大豆的 3 倍，1 亩牡丹等于 3 亩大豆。这还没有算牡丹在结籽的同时，还能同时生产丹皮。如果对牡丹花蕊再加以利用，生产牡丹茶和其他保健食品，1 亩凤丹的经济效益远远高于大豆和其他经济作物，产值可达 1 万多元。牡丹是木本植物，多年生，不用像大豆一样年年播种，除了前三年没有产量外，此后 30～60 年里产量一直会很稳定。

"我们在这儿种植与培育高稳产的油牡丹，除了能够把大片荒山变成可拉动当地经济、大量吸收劳动力的产业外，还可以成为旅游胜地，所以我们下决心搭上全部身家性命干现在这事……"看上去弱不禁风的林先生，其实内心十分强大。我听说，"瑞丹苑"董事长林锦云的儿子是在原州出生的，现今已十七岁了，在宁夏读高中。"我儿子也是在这儿出生的，他甚至连福建话都不会说，一口纯正的宁夏话……"林其进说着乐了，说他的后代就是"宁夏人"了！

"一茬儿油牡丹，寿命 30 至 60 年，比我们林家兄弟这辈子后面的日子还要多，所以我们是把后面所要过的日子都寄希望于这片土地了……"林先生的话令人感动。

就像陈德启一样，贺兰山下种植 10 万亩葡萄，带动 100 万亩葡萄带的建立，形成的是硬邦邦的"宁夏红"葡萄产业，惠及的是半个宁夏大地，近100万百姓的生活，这样的扶贫脱贫才是根本，才是"幸福永长久"。林氏兄弟在西海固的大山深处，再造一个"牡丹苑"，让浑身是宝的油牡丹成为宁夏又一个支柱产业，将来的宁夏"北有葡萄园"，"南有牡丹苑"，相互响应，南北交辉，难道不是又一道"亮丽风景线"吗？

"我们刚到这儿的时候，这四周的大山还都是光秃秃的没多少草木，这些年政府和当地百姓重视了生态保护，尤其像我们这块土地上种植油牡丹之后，形成了明显的小生态环境，地貌土质开始发生转变，从我们来时的不长草，现在草木控制不住地长，发生巨变了！"林先生说，看到这种情景，比看到自己儿子读书考高分还兴奋。

"前天我才把山东的一位除草老板送走，请他过去帮忙看看如何除掉牡丹苑里疯长的草……"林先生越说越来劲，满脸都是成功的喜悦。

"我们河川乡现在在林总他们的带动下，纷纷都在参与油牡丹产业链建立，比如为通向大山的道路建设、供电线路和引水管道等铺设基础设施……这一路的基础设施的建设，也带动了沿线村庄及百姓的生活环境与生活条件的改善。尤其是以上山观花为主打的旅游活动推出后，先是每季一花，再到每月一花，最后实现全年月月有花节的旅游项目，这样下来，全乡近1/3的劳力和家庭，就能'因花而富'。"不承想，一棵棵油牡丹树，让女乡长的心头真正乐开了花。

那一天，离开大山深处的"牡丹苑"，已近黄昏，夜幕下的大山已然宁静，然而回首向山谷里的油牡丹岭望去，只见繁星般的灯光格外明亮和艳丽，似乎在昭示大山里的另一种生活又要开始了。而这样的光景，以往都是在现代化的大都市才会有，现在边远的宁夏六盘山谷之中也正在发生……怎不叫人欣喜！

事实上，我内心真正期待的，还是想哪一天重返河川乡的大山深处，在牡丹花盛开的季节，看一看漫山遍野的牡丹花，那会是何等的景致、何等的醉心呵！

这一天的夜幕下，虽然我们在回城的路上没有看到什么，然而一路上随着盘山公路的节奏，我的耳畔一直回响着这样的声音——

"发展产业是实现脱贫的根本之策。要因地制宜，把培育产业作为推动脱贫攻坚的根本出路。"

"发展是甩掉贫困帽子的总办法，贫困地区要从实际出发，因地制宜，把种什么、养什么、从哪里增收想明白，帮助乡亲们寻找脱贫致富的好路子……"

以及，习近平总书记每每走进宁夏乡亲们的宅院里，坐在炕头，与农户掰着手指，算着收入账、产业账，告诉他们什么才是根本的致富道路的声音……

山海之恋　黄河已经沸腾

笔落此处，"闽宁对口扶贫协作"喜事连连——当然，最令宁夏各族人民欢欣鼓舞的是习近平总书记时隔四年，再次到宁夏看望他一直挂在心头的"闽宁对口扶贫协作"……

6月8日，也是我抵达宁夏的当日，巧遇习近平总书记再度踏上他深怀感情、时时惦念的"塞北江南"大地。之后的三天之中，总书记风尘仆仆，视察黄河灌区、走访红寺堡脱贫群众和扶贫车间……那几天里，我沿着总书记走的足迹，走了几个地方，所见所闻，宁夏大地处处洋溢着幸福的热浪。人们从心坎上溢出一句很流行的话："有一种幸福叫总书记来到咱身边。"

是的，对脱贫了的宁夏人民而言，对那些为脱贫而付出了巨大心血的广大干部来说，没有比总书记来到他们身边、没有比在总书记的关怀下真正实现全区脱贫攻坚战全面胜利更幸福的事儿！

宁夏人对习近平总书记的情意，是其他地方的人很难体会得到的，这应该源于二十四年前习近平亲自开启并一直关注了二十四年的"闽宁对口扶贫协作"这事。也正是因为这个跨越了近1/4世纪的伟大工程和两省区之间的真挚情谊，才让这场"山海之恋"变得壮美与激情——

> 相距 2000 多公里
> 宁夏与福建
> 我们曾经很远，如今很近，
> 只因二十四年跨越山与海的守望与相助……

是的，假如不是因为一个伟大时代的开启，假如不是中国共产党人的一个庄严承诺，假如不是习近平总书记二十四年时时刻刻的挂念，这"山"与"海"能有今天这样情意绵绵、遥相呼应、相恋相爱的情景吗？

是的，假如不是"海"的胸怀和"海"的慷慨，"山"会有今天如此的绿与如此的花木茂盛吗？假如不是"海"的激荡与浪拍，"山"会有今天开放和仰望天空的新理念吗？假如"海"不是持久地将暖风吹拂，"山"怎可能伸出巨臂，将"海"紧抱在自己怀抱？

　　山与海，本是兄与弟、姐与妹。山海相助，天地共荣；海携山起，宇宙生辉。"闽宁对口扶贫协作"之所以堪称地区与地区之间对口帮扶的典范，就在于这对"好哥俩"原本都不是"大块头"，或者说在众多"大哥大姐"中属于并不起眼的一对携手伙伴，然而"山"与"海"却以二十四年的真情相恋与相爱，书写了人类发展史上一篇具有史诗意义的真情诗篇……

　　"山"和"海"为何能如此？这或许需要社会学家花费很多时间去调研分析。而我个人感觉，这"山"与"海"的经典携手，因有一样至高无上的东西存在于它们中间，那就是情怀，或者说那就是祖国与人民、领袖与人民、人民与人民之间的情怀。

　　一个人需要情怀。没有情怀的人，无论官位再高、财富再多，人长得再帅、再美，他（她）离开这个世界以后也不会留下什么，甚至连人的"符号"（名字）也会很快被淡忘。

　　有情怀的人，属于高尚和高贵的人；有情怀的人，即使是个贫穷者或文盲，他的精神和道德也将在圣坛上高高地屹立着。

　　一个有情怀的人，对他人、对弱者、对祖国、对人民、对亲人和友人、对现实和未来，都将留下珍贵和令人敬佩的东西。即便他仅为他人捡起一根柴杆，燃烧的也是温暖的火焰；如果他是一位知识分子、科学家，那他将点燃的是思想的火炬与人类进步的引擎；如果他是一位干部或政治家，那他将为一个团队、一个社会或整个民族，带来光明与幸福的时代光芒……

情怀如诗，情怀即诗。

在扶贫和脱贫攻坚的征程上，决策、措施、方案、计划、行动等事务，一个都不能少。然而，所有的这一切中，唯独决策者、领导者、具体干事者和所有参与这场伟大战斗的人的情怀，最重要、最根本、最可贵。

中国脱贫攻坚、携手奔小康，"一个都不能少"，56个民族"一个都不能落下"，这是习近平总书记的情怀，这是当代中国共产党人的情怀。

闽宁对口帮扶，以"不到长城非好汉"的决心和信心，"促进宁夏贫困地区尽快脱贫，推动闽宁两省区经济和社会的持续、快速、健康发展"，这是习近平总书记主导下的闽宁两省区广大干部和人民群众在二十多年中铸造出的"山海"情怀——它如黄河之水，源远流长；它如武夷山巍峨挺拔，永立东方……

这情怀，便是诗的磅礴情怀。

闽与宁，原本相隔遥远，天各一方。然而正是一个时代的风云际会，一个政党的历史使命和习近平总书记的一片情怀，将这相隔遥远的两地，如山与水、天与地一般地融合在一起，构成了一幅超越于距离、超越于时空，也超越于民族的伟大诗篇。在今天的宁夏大地上，无论从南到北、从东到西，从六盘山区到贺兰山脉，我们都可以看到"闽"的存在与"闽人"的身影。

有人说，在宁夏的闽商达 10 万人；有人说，"闽"字的工厂和企业也有万余家；更有人说，如果让宁夏人脱开了自己血缘上的亲朋好友，再选一个"亲人"的话，他们十有八九会说：福建人。"福建人就是我们的亲人"——我听自治区的领导这样说，听市区的干部也这样说，宁夏贫困地区的广大群众更是亲切而深情地这样说。自然，如果让那些曾经和至今仍在福建工作的宁夏人来倾诉"福建亲人"的话，其情其事，更有数不尽、说不完的催人泪下的故事。

在我的印象中，能把非血缘的人称之为"亲人"，似乎只有人民群众对解放军才这样称呼的。闽宁对口帮扶出如此情深的"人际关系"，这是中国扶贫脱贫史册上异常耀眼和暖心的一件事，或许它的意义比那些走出大山、摆脱贫困的山区百姓的现实中多添了一头牛、多种了十亩地更加难得与可贵。

情谊无价，意味也在此处。

在福建采访时，我遇见了一位西吉常驻福建的人事干部董成壁先生，他说他就是当年在福建挂职干部牵线下，第一次带领 97 名西吉女青年到福建务工的"劳务站长"——董成壁自己给自己封的官职。

"第一批离开西海固到海这边来的姑娘们，一般都是十七八

岁，最大的不超过二十五岁。当时我也才二十岁，是刚成立不久
的县扶贫办工作人员，因为考虑到我是学校毕业后新上班的，能
说普通话，所以让我带队，这一带就带了二十多年……"没有人
比董成壁更能体味"山海之恋"的深意和个中的味道，他说他亲
手带过来的在福建务工的家乡人就有六七万人。

"我能报得上名字的'上门女婿'就有170多个，二百来个女
孩嫁到了莆田……我都能叫得上她们的名字，连她们现在的丈夫
名字甚至一些孩子的名字我都能叫得出来！"这是董成壁最骄傲
的事。

站在莆田的大海边，董成壁在我面前长长地叹了一声，说：
"当年我带人过来，要走七天七夜，因为当时还没有高速路……
刚到这儿时，女孩们白天干活，晚上在被窝里哭，一是想家，二
是不会说普通话。我就像一只兔子似的，到处蹿来蹿去，帮她们
解决这事处理那事，第一个月我瘦了12斤……其实我也不是没想
过打退堂鼓，可是看到我们那些姑娘第一次拿到千元工资时的情
景，我再也没有想回去的念头了，我就想这辈子要让我们穷山沟
里的孩子们人人都能拿到更多、更多的钱，让他们能够看一次大
海、游一次大海，痛痛快快地吃一次麦当劳、海鲜，天天有热水
澡洗……"

董成壁说到此处，已经泪流满面。

"后来我又发现，我必须继续留下来……因为从我们那边过来的人，不仅能够挣钱，而且在这边待上几个月、几年后，女孩们越来越漂亮了，男孩越来越灵气了，这个更让我高兴和意外！原来我们宁夏山区的人并不笨嘛！也是可以像沿海地区的人一样，活得好好的，活得有出息！"

董成壁越说越激动："你知道吗，我现在不仅自己一家人都在福建这边，哥哥弟弟也都在这儿。跟我一样全家留在这儿的宁夏人，已经有好几千人……"

"有可能再回老家宁夏吗？"我给董成壁出了个问题。

"我？目前没有想过……"他愣了一下，回答道。

"为何？"

"我知道家乡现在也变得很好了，但这边仍然需要我，闽宁对口扶贫协作后，老家那边出来务工的人员还很多，现在光莆田一个地方的就有几千人，我是这支劳务大军的站长，所以大家还需要我……"董成壁笑着补充道，"我的工资和人事关系还是在西吉噢！"

啊，其实像董成壁这样的"山海"双栖人何止一两个，他们身上的山海情怀自然格外浓烈。这样的情怀，通常可以熔炼出有形的物质和崇高的精神，它也可以让两个民族和两个国家亲如一家，自然更能让两个远隔千山万水的地区，携手共荣。

　　由此我们再一次感觉到闽宁对口扶贫协作之间所建立起来的"山海之恋"，其实已经凝聚成如万里长城般坚固的伟大情怀。

　　情怀能让人超然，能让人刻骨铭心，更能让人勇往直前，不断奋进和创造奇迹……

　　我知道，闽宁之间的"山海"情怀，在现任宁夏福建总商会会长、宁夏麦尔乐食品股份公司董事长黄添进的身上，怕是最具代表和典型的了。

　　"70后"的黄添进，今天算来也是奔五十岁的人了。但在三十二年前，他怀揣3000元到银川时，也才十八岁。那个时候的他，不懂诗，也不知诗是何味，他的心头只有一个梦想：走出自己贫穷的山乡，到遥远的地方，忘掉自己的身份，干出一番能够让自己有尊严地活着的名堂来！

　　其实这就是黄添进这样没有什么文化的一个小福建人的"诗"——那个时候黄添进的"诗"是苦涩的，没有半点浪漫，只有心酸的泪水独自往肚子里咽……

　　"当时我们福建山区也不富，但我有手艺，做糕点的手艺，心想：人家已经富了的地方我肯定干不过他们，所以奔到了比我更穷的宁夏来了……这一来，没想到就是三十二年，我也从'海'那边的人，变成了'山'这边的人。"黄添进今天的这番感慨，还真道出了"山海"之间的那份诗意。

　　当年十八岁的他举目无亲，独自一人来到银川时，看到这里的百姓很少吃得上用大米和糯米做的糕点，尤其是内地人喜欢吃的绿豆糕和"驴打滚"，这里的国营食品店根本没有。于是黄添进就在银川火车站旁租下一间生产车间兼宿舍的小房子，开始将他从湖南学来的做糕点手艺使了出来——这也使他成为当时银川第一个食品糕点加工个体户，当然也是第一位闽商食品小老板。最初的创业日子并非一帆风顺。推着车子在车站叫卖一天，赚上百十来元，除去生产成本和房租等，也所剩无几。最让黄添进记忆深刻的是，少赚钱、不赚钱都可以撑过去，可南方人难以适应干燥的塞外生活，流鼻血、拉不出是最难受的事，黄添进几乎天天为此遭罪。"后来是一位好心的本地大伯用他自己的土方子帮助我止了鼻血、通了肠胃，这才让我能够继续在银川待了下来。"黄添进说，他在宁夏三十二年，数不清有多少伯伯婶婶、兄弟姐妹帮助过他，甚至在他突然生病倒下时被人送进医院，那些素不相识的人还给他送水果、送奶茶。

　　"我对宁夏亲，是因为宁夏人先对我亲了……"糕点人出身的黄添进没有多少文化，但当他说起宁夏和宁夏人时，滔滔不绝，绘声绘色。"他们实在，他们拿你当亲人，你就不得不像对亲人一样对待他们……时间久了，你就觉得自己就是这块土地上的一员，你就是做生意，也要实实在在，多想着为大家服务，把香甜留给你当作亲人的每一个客户。"

"麦尔乐"是黄添进企业旗下的品牌，现在在宁夏知名度很高。"卖得开心、卖得快乐，这就是我食品名字的意思，它其实是我在宁夏做食品生意的心境……"每逢被问他的食品品牌是何意时，黄添进总是如此解释。

宁夏人让黄添进"卖得快乐"，所以他的生意也越做越好、越做越大。2006年，黄添进的"麦尔乐"在银川开设第一家西饼店，随后没几年就发展到40多家连锁店，并且完全实现了中央工厂的生产配送和饼店现烤相结合的经营模式。2013年，黄添进瞅准商机，投资1.3亿元在银川德胜工业园区建设了一座现代化的无菌化食品加工厂房，拥有国内一流的生产线，经营月饼、粽子、汤圆、面包、蛋糕等几大系列近200个品种，年产值1亿多元。这位当年仅带3000元到宁夏闯荡的福建山区穷小子，如今早已变成亿万富翁。2015年，黄添进成为宁夏福建总商会会长，成为闽宁对口扶贫协作中的闽商引路人。

"宁夏福建总商会会员总数由最初的50多人，现在已经发展到1800多人，代表着在宁的5000多家企业和8万家商户，仅五年间对宁夏的投资就达20多亿元。我们大家都把宁夏看作是自己的家乡，是为自己的父老乡亲做事，所以干劲越来越大，情分越来越浓。"

　　我知道，三十年前的 1990 年时，黄添进就把一家子搬到了银川。那个时候老家的人问他为什么要这样做，黄添进说，宁夏人待我如家人，既然家人在那边，我就得搬过去。后来他的 3 个孩子先后都是在银川出生的，于是黄添进干脆把自己连同孩子们的户口全都迁入了银川。再后来，3 个孩子都上完大学，本可以在福建和沿海其他地方工作，但黄添进又动员孩子们回宁夏。他对孩子们说："宁夏才是你们的家乡，你学到了知识，就要为正在奔小康的家乡做贡献。"如今，黄添进的两个女儿也已成家，对象都是宁夏本地人。

　　三十二年前的一个福建穷小子，只身一人来到宁夏。而今他全家四世同堂、十几口人都在宁夏，成为真正的宁夏人。

　　黄添进的人生变奏曲，是无数"山海之恋"的缩影，是他的宁夏情怀浸入了他和他家族的血脉之中，什么力量都将无法改变。而这，就是我们所说的"诗"——用情怀写成的诗：

　　　　山间的云，就是海上的浪。
　　　　海上的波，就是山中的风。
　　　　山挽住了海，海才宽阔无边。
　　　　海簇拥着山，山才显得壮美。
　　　　我在山海中游弋，

犹如在幸福中荡漾……

听说林小辉这人是在林月婵家里。彼时我正在采访林月婵，有个电话打到她手机上后，只见林月婵立即兴奋起来，跟电话那头的人说得亲热异常。这自然也引起我的好奇与兴奋。

"林小辉，是个好企业家，他把自己的身家性命全部投在了宁夏那边，你得采访他……我把他叫过来！"林月婵说到林小辉这人时，说话竟也不像病态时那么停顿了。可见这个"林小辉"在她的心目中分量不一般。

现在林小辉就坐在我面前——正巧，我在福州时他刚从宁夏那边回闽办事，便有了我采访到他的机会……

"你最好到我在隆德的闽宁工业园区看看……"林小辉不像是个生意人，话不多，一脸憨厚，他如此说。

我答应了。一年之后的 2020 年 6 月初的"宁夏行"时，我和林小辉在隆德他的"闽宁工业园区"见了面。现场所见，比在福州听他讲的要生动和深刻得多，而且有些不可思议：在一个十分偏远的大山峡谷间的一片平地上，一排排整齐崭新的厂房和楼宇耸立在那里，宽阔的马路、来来往往的汽车，一派繁忙的景象……

"这就是我们的办公楼。"林小辉将我领进一栋 4 层楼房，从一楼的"园区产业展区"开始介绍，一直到 4 层的办公区，林小辉的"黄土地"王国尽显威武和实力。"这个闽宁工业园区，在隆德县支持下，由我投资兴建。2012 年 8 月 21 日奠基，目前已建 4 期，占地 3000 亩，建厂房 20 余万平方米，已投入基础设施资金 6 亿多元。引进入园企业 51 家，其中约 1/3 为闽籍企业，6 家规模以上的企业，全园实现年产值 5 亿元。两三年之后，估计园区年产值可以达到 30 亿至 50 亿元，因为我们已经把'上海医药'企业引入园内了，明年他们的产值就要达到 20 亿左右，这是中国药业界的巨无霸……"林小辉透过办公室的玻璃窗，指着不远处的一片新厂房，很是兴奋地对我说。

"开始我们家乡在宁夏的挂职干部找上门动员我去宁夏投资时，我有些拿不准。可去考察了几次，我的心就被'牵'走了，跟着魂也被勾走了。"在福州时，林小辉这样说，最初他花了 200 万元请各路专家帮助他把脉，看可否在隆德建工业园区，最后给出的结论是：小投可以，不宜大投。但林小辉说："一投就回不来了……"

"为何？"我笑问。

"因为有了感情。"他说，"自己这几年五六个亿就是这样撒在这片土地上……"

"后悔吗？"

"没——有！"林小辉一听我这问话，赶紧表达内心的真实意思，"我现在基本是把身家性命都投到这儿了……你一定要问为啥，简单：就是爱上这里了！这里现在就是我的家、我的事业所在！"

"你看——2012年来时，这里没有一间房子，全是荒地，现今这块土地可以为当地每年产出几亿、十几亿的产值，有2000多名当地百姓在这儿务工，而且在不远的将来，整个园区将要实现百亿年产、5万人在此务工，这等于是半个隆德县城的规模哪！"林小辉骄傲地提高了嗓门。

"这就是你的'黄土地'理想？"我想起他的企业名称。

"是。当时起这'黄土地'的名字，就是我喜欢上了这块土地，同时也立志想把这块土地变成生金生银的富贵之地……这就是我的理想。有点诗意吧？"林小辉的话，让我一下感觉他的内心其实也很浪漫。

然而我知道，林小辉的这份浪漫，是用心血和汗珠演奏出来的。"刚到这里时，我三十多岁，家里已经有亿万资产。可看到这儿与我年龄相仿的人，竟然连对象都找不到，穷呗！我想我应该为他们做点事，让他们也能找得到对象，也能成家立业，于是我就想在闽宁对口扶贫协作中做些真正能让这片土地上的人富裕起来的事，所以想到了建个工业园区。就冲着这份心愿，我带上自己过去挣的钱，和七八十个人，从福建来到了这片山坳坳里，直到今天……"当这位来自福建莆田的企业家双脚踩定宁夏大地后，就显出福建人那种精细干实事、用脑做生意的品质，全心全意投身于他心目中的"园区"。

"我们是贫困山区，你们能帮多少忙就帮多少……"

"'黄土地'确实不起眼，但它实在，你们看着给价吧——"

林小辉说，这些年无论在外面招商，还是销货，上面这两句话说得最多，甚至听上去有些"可怜"，但他心里有杆秤："通过我的努力，哪怕能让山区的百姓有一户脱贫致富，我都会感激那些来园区办企业、买我们货的人。"

这就是我所认识的林小辉，他走过的"闽宁创富之路"，其实就是首诗。他的园区，就是一首"发表"在大地上的诗作，眼下已经很美很美了，明天、未来还会更美。

在宁夏一路采访中，无意走访的许多学校和"扶贫车间"，以及残疾人创业基地，竟然听说当中有许多项目都是林小辉资助或捐的款，这更让我对林小辉于宁夏这块大地的挚爱深感敬意。当我希望他能够提供这些年为宁夏做的"好事"时，他竟然憨厚地冒出这样一句话："我没啥值得表扬的，那些到宁夏来挂职的干部才值得好好宣传，不是他们的影响，我们还没有机会认识这块土地，也不可能有机会把自己的家和事业全部搬到这个地方呀！说句实话，以前我只是个商人，不懂太多事，但这些年到了隆德办扶贫工业园区后，我懂得了自己的价值，懂得了比赚钱更珍贵的价值，所以我才甘愿把身家性命全部投放在这里……"

林小辉的话让我回味了很久，一个原本就是亿万富翁的人，不远千里，来到山区，为的是让一批贫困的人过上好日子，自己心甘情愿"丢"下几亿、十几亿的钱，这难道不是一种超出生意范畴的特殊情怀吗？而我知道，像林小辉这样的闽商在宁夏已经有近10万人，他们中相当一部分人的身份也从"闽商"，变成了本土的"宁商"，甚至他们的后代中出现了一个又一个"闽宁"的名字……这难道不是诗吗？不是山海之恋的诗吗？

是的，这就是诗，是我们这个时代最美的诗篇。

而"山海之恋"能够产生这样的诗，我们不得不特别致敬那些为书写这些诗篇而"铺纸磨墨"的援宁挂职干部们。闽宁对口扶贫协作二十四年的坚守与持续，也恰恰是因这些飞翔与奔波在"山海"之间的时代楷模，才会有今天宁夏大地翻天覆地、美丽如画的巨变和人民美满幸福的日子。

2020年7月3日，中宣部以云发布方式，向全国宣布：授予闽宁对口扶贫协作援宁群体"时代楷模"称号。在纪念中国共产党成立99周年之际和决胜全面建成小康社会、决战脱贫攻坚的冲刺阶段，中宣部对闽宁对口扶贫协作中的援宁群体授予"时代楷模"称号，意义极其不同，一是时间上，二是人数上，三是"时代楷模"排序上，意味深长。要知道，在这之前，中宣部共授予了个人和集体正好是 100 个"时代楷模"。第 101 个给予了闽宁对口扶贫协作援宁群体，它意味着由习近平总书记二十四年来一直亲自关心和关注的这一对口扶贫模式将载入中国扶贫、脱贫史册。正如授予荣誉称号的新闻词中所写的："1996 年以来，'闽宁对口扶贫协作援宁群体'遵循'优势互补、互惠互利、长期协作、共同发展'的方针，主动扛起对口帮扶宁夏脱贫攻坚的历史使命，11 批 180 余名福建挂职干部接力攀登，2000 余名支教支医支农工作队员、专家院士、西部计划志愿者敢于牺牲，将单向扶贫拓展到两省（区）经济社会建设全方位多层次、全领域广覆盖的深度协作，与宁夏人民一起用智慧和汗水创造了东西部对口扶贫协作帮扶的'闽宁模式'，缚住贫困苍龙。"创造"闽宁模式"并为其做出巨大贡献的楷模们的人数之多、覆盖之广，是前 100 个"时代楷模"中所没有的。事实上，中央这次所授予荣誉的对象并非单指 180 余名福建赴宁的挂职干部和 2000 余名支教、支医、支农队员和志愿者，也包括了数以万计的像林小辉、严国圣、林水英等这样的闽宁企业家，正是因为他们二十四年来的不懈努力、无私奉献、奋力拼搏，才让宁夏出现了历史性的巨变——"党的十八大以来，宁夏减少贫困人口 93.7 万人，贫困发生率从 2012 年的 22.9% 下降到 2019 年的 0.47%；贫困地区农民人均可支配收入从 2012 年的 4856 元增长到 2019 年的 10415 元，宁夏各族人民群众的获得感、幸福感越来越强。"

"101"的排序，或许没有什么讲究，然而他、她，和他们这些为创造"闽宁模式"而谱写诗篇的福建亲人——宁夏人这样称呼他们，就是因为他们是一批负有特殊使命的时代楷模，他们"真情奉献、久久为功"，"是习近平总书记亲自开创的闽宁对口扶贫协作事业的坚定践行者，是东西部扶贫协作接续奋斗者，是社会扶贫的创新发展先行者，是全球减贫治理中国智慧的积极探索者"。

"践行者""奋斗者""先行者""探索者"——呵，"101号"的"时代楷模"者，你们无愧于这样的荣誉和称号。是你们，以崇高和坚定的使命感，把习近平总书记亲自开创的一个伟大事业，一以贯之地坚持了二十四年，并丝毫不走样地为这一事业画上了完美的句号。你们以牺牲自己、奉献他人的精神，一棒接力一棒，直至最后的冲刺；你们以逢山开路、遇水搭桥的毅力和智慧，成为扶贫、脱贫攻坚战的勇士，创造了无数奇迹；你们是中国智慧的实践者、探索者和成功者。

山已经把你们的英名，镌刻在峰岩上；海已经将你们的丰碑，簇拥在每一波涌起的浪尖上……

尽管如此，我仍然要在这里庄严地将他们的一些代表性人物事迹写入此书，虽然在数以万计的群体中他们可能只是点点滴滴，但我相信，即便如此，这些仅凭我个人捡拾的"零散"音符，也足以让"闽宁模式"的时代协奏曲，呈现气吞山河的磅礴气势——

　　林月婵的名字已经在宁夏大地上如金子一般闪闪发光。现在，我要说的这位"老马"，是接替林月婵出任福建省扶贫办主任一职的马国林。我采访马国林的时候他已经退休三年多了，然而他说他现在一直在忙活闽宁对口扶贫协作的"那些事儿"……"其实也都算不上什么轰轰烈烈的大建设，都是从一件件小事做起，久久为功，才有了今天看上去巍巍长城一样的伟业。"马国林说。

　　1999 年，第一批到宁夏的挂职干部履职结束之后，马国林是作为省扶贫办负责人代林月婵去接这批的 8 名干部回福建的。"那个时候，我们派去的挂职干部没有领队，所以省组织部门和宁夏当地提出希望从第二批开始能够有个领队，这样可能更有利于发挥和协调挂职干部们的积极性。结果在选第二批赴宁挂职干部的领队时，我自己被选上了。这一选上，就把我跟宁夏粘在了一起，二十多年里，我在福建、宁夏两头来回跑了 100 多趟。林月婵大姐说她像山海间的一只飞鸟，我跟大姐说，我就是后来居上的另一只飞鸟……"

　　马国林后来担任了当时的固原地区常务副专员，分管农业和扶贫工作。马国林给我讲述了他第一次下乡的印象："那天我和几个干部走了大半天山路，口干舌燥。走到一个村庄，见半山腰有户老百姓，就进去想要碗水喝。那百姓就给端来一碗水递到我手上，当时我看着碗里的水，愣住了，因为那水黄浊得闻起来还有一股腥臭味……如果在我们福建，那一定觉得有人给你作恶，但在宁夏山区，这样一碗水就是当地百姓对你的最高礼仪了！"喝完这碗水的马国林，当时双眼满是泪水。

"一是那水确实太难喝了，二是心里不是滋味。那个时候，我们福建那边连农民家都喝矿泉水了，他们宁夏山区的人竟然还在喝这样又脏又臭的污水，而且这样的脏水还像是宝贝一样不能随便浪费，你说心里难不难受嘛！"

太揪心的事，让七尺男儿的马国林想着法子要为宁夏山区和戈壁滩上的百姓解决饮水难的问题。"从这开始，我就在山与海的两头跑啊跑，尤其是每回回到福建省里，见人就作揖：帮帮忙，给口干净水给我的亲人喝！我这么一说又一解释，大家就明白了我是在为宁夏山区和戈壁滩上那些喝不上水、喝不上干净水的百姓筹集打井的资金，所以几乎有求必应……"马国林的面子很大。

打井的事在闽宁对口扶贫协作的联席会上也被确定了下来。"我清楚地记得近平书记还在会上特别强调，像为百姓打井的事要优先做、快速做、做到底！"马国林是这件事的具体执行者和领导者。

2000 年春节已过，六盘山上依然白雪皑皑时，甘城乡的打深井战斗已经拉开战幕，那轰鸣的钻井机器声，震荡了整个山谷十里八乡的百姓。他们围着马国林和钻井机台，直愣愣地等着地底下冒出甘泉，因为"甘城"自有这名以来，生活在这里的人就从没见过啥是甘甜之水……

八十余天过去了。突然在 6 月 26 日这一天，一股清澈的甘泉从井底呼啸着喷出数米高……

"甜水！"

"甘城乡有甜水啦——！"

出水的现场情景，马国林说他前所未见。"整个乡都轰动了，甚至县城的人都过来看出水……有一个回民老汉，喝下第一口清纯的井水时，满脸流着泪，抖着双手过来紧紧地握着我的手直哭，而且一个劲地说着：'感谢共产党，感谢好干部。'当时我一句话都说不出来，抓着老汉的手，跟他一起哭了好久好久……"马国林这样回忆。

马国林后来干的事越来越多，他领队的那一期挂职干部和后来去的二期赴宁挂职干部，帮助当地完成了 1.5 万多口井窖建设和十几万亩的"坡改梯"土地改良。"现在想来，我最高兴的一件事是：经我之手，从西海固那边带出了 3 万多名劳务人员到福建这边来务工和学技术，他们有的后来就留在福建，有的回到自己的家乡创业，成为了脱贫致富的带头人……"

"你看，我手机里尽是他们这些人的信息，有几百号人了。现在还是一样，天天有人跟我联系。过去他们联系我，主要是碰到问题希望我帮助解决。现在他们是有了好事说向我汇报，其实是想让我这位'山海之恋'的'老红娘'高兴高兴！"年过七旬的老马在他的"义务扶贫办公室"里，抱出一大堆信件和报纸，开始讲他和一起赴宁的挂职干部们那些难忘的"闽宁往事"。"一茬接一茬，就是一场二十四年没断过的接力，他们有的甚至没有回来……"马国林说到这儿，哽咽了。

"他们更多人像雷锋和焦裕禄一样，一心一意为当地百姓脱贫攻坚办实事，成为了当地人民群众心目中难舍难分的亲人和共产党人的形象代表。"马国林给我讲，宁夏本地产品有三大宝：土豆、枸杞、滩羊肉。这"三宝"以前多少也是有名的，但内地市场并不大听说，甚至很多内地人还以为这"三宝"是甘肃或陕西的哩！"但自从有了我们的挂职干部之后，'宁夏三宝'这些年名气传遍神州大地，这你感觉到了吗？"

还真是。老马的话也让我脑海中不免泛起北京市场上近几年宁夏特产猛增的强烈印象。

"盐池的滩羊肉简直就是极品！"到盐池采访，一顿纯正的滩羊肉，让我这样平时不爱吃羊肉的人一下上了瘾，那种口感、那种肉质，吃一口便放不下的感觉，让我从此改变了对羊肉的看法。而在同心一位百姓家，老乡亲自给泡的一杯枸杞茶让我陶醉了好半天——"那才是神仙茶！"

我知道，这盐池滩羊肉，从过去二三百元一头肉羊，到现在可卖到三四千元一头，这价格和品牌影响力像火箭一般飙升，与福建挂职干部的拼命"吆喝"不无关系。至今，盐池人民依然清楚地记得高国富、严金官、张学勇等一个个"福建县长"的名字，更记得这些县官是如何带着他们上京城、下福建、走深圳，去推销"盐池滩羊肉"的。曾经在厦门街头出现过这样一幕：一家经营滩羊肉的饭店，消费者为了吃上一盆滩羊肉，需要排队等候三小时。"好菜不怕等，吃了赛神仙。"厦门人这样推崇盐池滩羊肉，就与像上面几个挂职干部一样不遗余力的推介有关。

其实在宁夏，滩羊肉并不只有盐池一个地方有。同心的滩羊肉一点不比盐池的差，那是因为同心县的丁县长听我连夸了几次"盐池滩羊肉绝了"后，非要让我感受一下"同心滩羊肉"，为此将我拉到几处产滩羊肉的农户家参观。"你看这些牧场的草和羊群放出去喝的水——它们完全是在无任何污染的纯自然环境中喝着矿泉水、吃着中草药长大的羊羔崽，而且这里都是海拔在1500米左右的戈壁滩地，所以'同心滩羊肉，质量甲天下'！"丁县长乐着解释，这话不是他的发明，是福建同志说的。

　　福建到同心的挂职干部从跟着马国林一起过来的何敬锡，到后来的林天成、杨树青、蔡荣清、傅子评、薛建民、陈剑宾、林育伟……他们虽然在自己的家乡不在同一岗位上，然而到了同心接力挂职后，这些干部无一不把推销"同心滩羊肉"以及"同心枸杞子"作为己任，竭尽全力，奔波于"山海"之间和全国其他地区。"老实说，我们本地干部过去干事有点像犁地的耕牛——慢性子。随着福建干部的到来，他们与我们同一个班子后，那种沿海地区干部干事风风火火、雷厉风行的作风，对我们宁夏作风的改变，起到特别重要的推动和影响。"在那次丁县长请我到一个乡村吃便餐时，同心县的几位乡镇干部也在场，一提起这个话题，当地干部就感慨万千，"过去说沿海地区发展快，我们就会认为是因为他们那里的交通发达、信息灵通，而我们落后就是因为这些条件不行。但自从福建挂职干部与我们一起工作之后，才发现：我们与沿海地区干部之间的差异，除了观念、理念跟不上外，还有一个明显的差距是，我们的工作作风、工作劲头远不如他们。人家是一天能干完的事绝不拖到第二天、第三天去做，甚至会把第二天、第三天的事提前做好了。我们过去则不是这样的，没人逼着、催着的事，就可能一直拖着、等着，直到火烧眉毛时才真着急起来。现在不同了，身边是福建干部做榜样，上边有脱贫攻坚的任务指标，你就得换个脑袋、改一改作风，真心实意地干一番事业……"

海浪拍岸，涌起千层雪。雪融大地，绿意披河山。

"宁夏的干部也都有一种自尊，都有一种情怀，都想把自己的家乡建设好，让身边的百姓过上好日子。正是这种基础之上，福建干部的出现和传帮带，让我们的干部感到了一种压力，一种动力，以及再不只争朝夕干一番轰轰烈烈的事业对得起谁这样一股拼劲，所以宁夏像西海固这样特别贫困的地区，能够保质保量按照总书记的要求，打赢脱贫这场攻坚战，完全是在情理之中。"那天傍晚，固原市委书记张柱在讲完这一段话后，又动情地告诉我，就这两年中，他身边的几位干部累倒在了脱贫攻坚战的路上：固原市人大主任做了心脏搭桥手术，市委秘书长心肌炎，西吉县和泾源县主要领导倒在乡村的路上再没有回来，乡镇干部更有一批永远离我们而去……

当晚雨下得很大。听张柱书记历数这些脱贫攻坚战中的感人事迹时，我的心情既沉重，又异常振奋。"正是福建干部和我们本地干部的携手奋斗，才有今天连老天都感动得雨润大地……"他说。

是的，宁夏、西海固现今已经完全变了样。"这回新冠肺炎疫情之下，我们根本没有想到竟然有 1 万多名湖北人在西海固工作！虽说增加了我们防疫的工作量，但另一方面也让我们十分振奋：

咱固原、咱西海固也开始吸引外地人了呀！"张柱书记的兴奋是有理由的。

"疫情缓解之后，内地不少地方缺少劳力，特别是听说福建一些企业需要务工人员，我们就及时租用了 11 架飞机，把数千名本地务工人员输送了出去……这样的事，在前几年是不可思议的，但现在对我们宁夏来说，并不足为奇了！"张柱书记说到这儿已经有些哽咽，而他后面的话更让人深深地感动，"过去包括我自己在内，大家对脱贫心里还是没有底的。但是这些年来，习总书记一次次地来到我们身边鼓励和教导我们，中央和自治区的政策力度不断加大，又有福建同志倾心倾力的帮助支持，我们真是越干越来劲，越干觉得希望越大，光明就在前面，就在明天。这个时刻，我们每一个干部都想着能在自己的手上把脱贫致富这件伟大的事业完成好，完成得完美和出彩！"

呵，这就是我们所想看到的情怀！伟大时代造就的情怀！没有比这样的情怀更鼓舞和激励人的潜能和力量的了！没有比这样的情怀更可以创造出人间奇迹的了！

山已经在笑，海早已跳跃。山与海的携手共欢，便是中华民族伟大复兴的前奏，便是人间辉煌的再现。正如习近平总书记所言：

　　　　闽宁镇探索出了一条康庄大道。

　　难道不是吗？二十四年前由习近平亲自创造的"闽宁模式"，如今展现在我们面前的就是一条社会主义现代化发展事业的康庄大道，就是破解世界级难题、摆脱贫困、走向富裕的康庄大道，就是中国共产党人又一次为人类文明史贡献智慧和精神的康庄大道……

　　在山与海欢庆伟大事业圆满成功之时，我已看到黄河沸腾了！

　　沸腾的黄河，会让贺兰山、六盘山再次耸立于中华民族的群峰之列，昂然高歌！

发表于《人民文学》2020 年第 8 期